AF235428

Die Geschichten in diesem Buch sind frei erfunden. Ähnlichkeiten mit lebenden Personen würden mich deshalb sehr verblüffen.

E.Butthoff, Herten Oktober 2020

Zum Buch

Wer hat sie nicht ab und zu?
Diese kurzen Augenblicke, in denen sich Begebenheiten
unseres Lebens auf solche Weise zusammenfügen, dass sich
(scheinbar aus dem Nichts) eine Erkenntnis in unserem Kopf
breit macht.
Momente, in denen wir Zusammenhänge erkennen, und in
denen uns ein Licht aufgeht. Ein Aha-Moment.

Manchmal ernst, meist aber weniger ernst geht es in meinen
bunt gemischten, kurzen Stories zu. Es finden sich in diesem
Buch u.a. Themen wie Musik, Tiere, Religion oder Verbrechen.
Sie sind herzlich eingeladen, die Personen in meinen Geschichten auf ihrem Weg zu ihren besonderen Augenblicken zu begleiten.

Zur Autorin

ELKE BUTTHOFF, geboren 1968, ist verheiratet und lebt in
Herten, Nordrhein-Westfalen.
Mit dem Schreiben begann Sie 2016 als Ausgleich zu ihrem
Beruf als Zahntechnikerin.

Kleine Erkenntnisse,
oder
Das Nashorn auf dem Flügel

Kurzgeschichten von Elke Butthoff

Bibliografische Information der Deutschen Nationalbibliothek:
Die Deutsche Nationalbibliothek verzeichnet diese Publikation in der Deutschen Nationalbibliografie; detaillierte bibliografische Daten sind im Internet über http://dnb.dnb.de abrufbar.

© 2020 Elke Butthoff
Herstellung und Verlag: BoD – Books on Demand, Norderstedt

ISBN: 978-3-7526-2773-2

Inhaltsangabe (nach Seite)

Inhaltsangabe (nach Titel)

Meine Tante

Meine Tante ist anders als andere Tanten.

Als ich bei meinem letzten Besuch in Australien auf ihrer Farm ankam, reparierte Sie gerade die Zylinderkopfdichtung ihres alten Jeeps.

Meine Tante ist 82 Jahre alt und riecht anders als andere Tanten.

Bei anderen Tanten darf man damit rechnen, dass sie sich mit Tosca oder Kölnisch Wasser eindieseln.

Meine Tante riecht tatsächlich ein bisschen nach Diesel.

Sie hatte mich eingeladen, um meinen morgigen Geburtstag mit ihr zu feiern. Als Sie mich begrüßte, umarmte Sie mich herzlich und ich konnte förmlich spüren, wie die Ölrückstände ihres Jeansoveralls auf meine neue, sonnengelbe Bluse übergingen.

Statt deswegen peinlich berührt zu sein, wies Sie mich ganz pragmatisch darauf hin, dass ich in diesen Breitengraden keine Kleidung tragen sollte, die derart durchsichtig ist.

Das hatte nichts damit zu tun, dass meine Tante verklemmt wäre, ganz im Gegenteil.

Das Ozonloch sei wieder größer geworden, liege jetzt wieder weit über australischem Land und die Sonne würde mir das bisschen Stoff in kürzester Zeit vom Körper brennen.

Nein, verklemmt ist Sie wirklich nicht, meine Tante.

Direkt ist Sie.

Seit mein Onkel von uns ging, den Sie sehr geliebt hatte, führt Sie eine Art zweites Leben.

In den langen Telefonaten, die ich zwei bis dreimal im Monat mit ihr führe, berichtet Sie regelmäßig von ihren neuen Verehrern, die sich allerdings nie wirklich lange halten konnten.

Wir gingen ins Haus und da wir in etwa die gleichen Körpermaße haben, gab Sie mir aus ihrem reichhaltigen Fundus an farmarbeitsfreundlicher Kleidung ein langärmeliges Shirt, einen Overall aus zerschlissenem Jeansstoff sowie einen weiten Strohhut, der Ihrem sehr ähnelte.

Wie wir so vor dem Spiegel des Schlafzimmerschranks standen, sahen wir wie Zwillinge aus.

Besser noch, ich sah aus, wie meine Tante vor fünfzig Jahren. Ich kam mir vor, als wirkte ich in einem dieser Filme mit, in denen es ein magisches Zeitreisephänomen gegeben hat und die Protagonistin auf ihr jüngeres bzw. älteres Ich trifft.

»Das wird helfen«, sagte Sie zu mir.

Später sollte ich erfahren, dass Sie damit keineswegs nur die Sonneneinstrahlung meinte.

Zusammen bastelten wir so lange an dem Jeep, bis er kurz nach Sonnenuntergang wieder ansprang.

Ein erhebendes Gefühl.

Am Abend mit dem Eindruck zu Bett zu gehen, mit eigenen Händen etwas geschaffen oder wiederhergestellt zu haben ist unbezahlbar. Der Tag verflog im Nu.

Ganz anders als die letzten Wochen zu Hause.

Seit ich meine Arbeitsstelle verloren habe und mein Freund mich verließ, schleichen die Tage vor dem Fernseher nur quälend langsam dahin. Meinen bevorstehenden Geburtstag in dieser trostlosen Art zu verbringen, war mir zuwider, deshalb nahm ich die Einladung meiner Tante an, räumte mein Konto leer und buchte den Flug.

Nun sitze ich hier in der staubigen Küche meiner Tante und löffele den Joghurt, den Sie extra für mich zum Frühstück besorgt hat. Meine Tante hält eigentlich nichts von den modernen Ernährungstrends. Die lebenden Kulturen im Käse würden völlig ausreichen.

Überhaupt belasteten sich die Menschen mit gänzlich unnötigen Gedanken. *Machen* statt denken sei in den meisten Fällen viel sinnvoller, meint Sie.

Ich werde trübselig. Sage ihr, dass ich nicht weiß, für wen ich denn was machen soll.

Selbst wenn ich mich aufraffte, irgendwas zu tun, wäre es doch schön, jemanden zu haben, dem man am Abend davon berichten kann. Aber es ist ja niemand mehr da. Und mir auf Biegen und Brechen einen neuen Freund zuzulegen, kann ja nur in die Hose gehen.

Da hätte ich vollkommen recht, sagt Sie.

Aber erstens sollte man zunächst dafür sorgen, fuhr Sie fort, dass man etwas für sich selbst tut, denn nur wer sich selbst wohl fühlt, kann auch anderen etwas geben.

Und wenn man jemanden zum Reden braucht, gäbe es auch dafür eine Lösung.

Ohne diese Lösung näher zu erläutern, dreht Sie sich um und geht nach draußen.

Sicher hält Sie mich für weinerlich und ich befürchte, in ihrer Gunst gesunken zu sein. Doch kaum hat sich die alte Holztür hinter ihr geschlossen, wird Sie wieder aufgestoßen. Mit einem breiten Grinsen betritt meine Tante die Küche und trägt einen Wombat auf dem Arm.

»Schau mal, das ist Kasimir und er ist ein sehr guter Zuhörer«, sagt Sie.

Tatsächlich geht der Blick des Tieres nach oben, sobald meine Tante spricht. Meine Tante redet mit dem Tier in dem Tonfall, in den Erwachsene verfallen, wenn sie Kinder auf etwas neugierig machen wollen. Die Tonhöhe variiert dabei von ganz tief bis sehr hoch und in dieser Weise stellt Sie Kasimir meine Wenigkeit vor. Mit großen Augen schaut Sie dem Tier in die Seinen und nickt bestätigend, als Sie dem Tier meinen Namen nennt, während Kasimir meine Tante fixiert und jedes Wort aufzusaugen scheint.

»Das ist meine Nichte, Kasimir. Sie kommt von sehr weit her und ist ein wirklich außergewöhnlich netter Mensch.«

Ich bin so geschmeichelt, dass es mir fast peinlich ist. Komisch, denn es ist sehr unwahrscheinlich, dass das Tier auch nur ein Wort versteht. Doch als meine Tante eine Sprechpause einlegt, dreht der Wombat seinen Kopf und sieht mir unverwandt ins Gesicht.

Mir entfährt ein kurzes Lachen, denn das pelzige Etwas mit der Schweinchennase schaut mich so lange an, dass ich mich genötigt fühle, ein einfallsloses »Hallo« loszuwerden. Kasimir antwortet direkt mit einem Laut der irgendwo zwischen Grunzen und Bellen anzusiedeln ist und sich tatsächlich irgendwie nach »hallo« anhört.

Diese Reaktion ist für meine Tante das Stichwort. Sie kommt auf mich zu, legt mir den erstaunlich schweren Kasimir in den Arm und meint dann, sie müsse noch ein paar Besorgungen machen.

Ich bin perplex.

Der Wombat schnüffelt an den Klamotten, die ich trage. Nun weiß ich, warum es unbedingt ihre abgetragene Jeans sein musste: Kasimir grunzt zufrieden und rollt sich ein...

Ich habe Durst. Das kommt vom Sprechen.

Seit der alte Jeep vor vier Stunden vom Hof gefahren ist, liegt Kasimir auf meinem Schoß und lauscht meiner Lebensgeschichte.

Ich habe ihm alles erzählt. Ich meine wirklich **alles**. Zuerst kam ich mir dumm vor. Ich setzte ihn auf den Boden und dachte er würde nach draußen laufen. Immerhin sind Wombats Tiere, die in die freie Wildbahn gehören. Doch dieses Exemplar blieb vor meinem Stuhl sitzen und sein Blick schien sagen zu wollen: ›Na komm´, erzähl´, was liegt dir auf der Seele?‹

Als es nach einer halben Stunde noch immer dort saß, öffnete ich die Pendeltür nach draußen und hörte seine langen Krallen auf dem Fußboden als es mir nachkam. Es setzte sich vor mich hin und grunzte zwei Laute.

Was mein Gehör daraus machte, erstaunte mich, denn es klang wie eine Frage.

»Draußen?«

Ich gab alle Widerstände auf und setzte mich auf die kleine, bunt bemalte Holzschaukel, die mein Onkel damals für meine Tante gebaut hatte, und die vor dem Haus links von der Tür auf der Veranda steht.

Der Wombat krallte sich ans vordere Sitzbrett und zog seinen massigen kleinen Körper hinterher.

Wie sich das Tier so abkämpfte, um sich neben mich setzten zu können, sah so lustig aus, dass ich in schallendes Gelächter ausbrach.

Endlich aufrecht sitzend, schwenkte sein Kopf zu mir rüber und nach einem strengen Blick ahmte es mein Lachen nach.

Nur so kurz, dass ich das Gefühl bekam, mich bei meinem Zuhörer entschuldigen zu müssen.

»Sorry, aber das sah gerade wirklich voll lustig aus.«

Wieder schaut es mich kurz an und maunzt wie eine Katze.

Ich höre: »Ist schon Ok.«

So sitzen wir zu zweit auf der sehr bequemen Schaukel und schauen geradeaus in die Ferne.

Ich komme mir schon wieder vor, als agiere ich in einem Film.

Aber ich fühle mich nicht allein. Nicht so wie zuhause, allein auf dem Sofa.

Nach einer Weile beginnen meine Füße, den Boden wegzudrücken und wir schwingen leicht vor und zurück. Die Bewegung ist heilsam.

Irgendwie schaut man von der Schaukel aus auf das Leben und egal wie schwierig es gerade ist, man hat trotzdem das Gefühl, dass es weitergeht. Das man nicht stehenbleibt... Alles ist im Fluss...

Ich sehe den Wombat an. Er sieht mich an.

Ich schaue wieder nach vorne. Er schaut wieder nach vorne.

Ich beobachte ihn aus dem Augenwinkel. Als er es merkt, dreht er seinen Kopf zu mir.

Als auch ich ihn voll anblicke, dreht er sein Gesicht wieder nach vorn und schaut in die Ferne.

Ich muss lachen und schüttele den Kopf, denn auch das kommt mir wie eine Unterhaltung vor.

Und dann erzähle ich.

»Ich fühle mich ziemlich einsam in letzter Zeit. Ich hätte nicht gedacht, dass man sich so einsam fühlen kann. Obwohl *ich* ja diejenige bin, die die Beziehung zu Kevin beendet hat. Ich meine wirklich beendet. Da gibt es kein Zurück...«

Kasimir summt ein 'mmh' und teilt mir mit, dass er verstanden hat.

»Er hat es aber auch herausgefordert, sage ich zu ihm. Kevin hatte nach drei Jahren Beziehung gemeint, er müsse sich eine Andere suchen. Ein paar hätte er ja schon ausprobiert, aber die seien alle nicht das Richtige gewesen und dann hat er diesen blöden Satz gesagt: *Drum prüfe, wer sich ewig bindet,* und so weiter... Frechheit. Nach drei Jahren intensiver Prüfung bin ich also durchgefallen. Nicht zu fassen.«

Kasimir schaut mich mit großen Augen an. Die kleine Schnauze mit der schweineartigen Nase steht offen, als hätte es ihm die Sprache verschlagen.

»Unglaublich, nicht wahr? Aber es geht ja noch weiter.

Wenn ich mich richtig ins Zeug legen würde, meinte er zu mir, gäbe es ja die Möglichkeit vielleicht noch ein Jahr dran zu hängen... eine Fristverlängerung, so zu sagen.

Da habe ich ihn gefragt, ob er heute irgendwie auf den Kopf gefallen sei.

Nein, meinte er zu mir, ich solle doch mal überlegen, denn das sei ja auch ein Gewinn für mich. Immerhin sei der sexuelle Faktor ja auch wichtig, und bevor seine neueste Kandidatin heute zum Abendessen käme, könnte man auf dem Sektor ja noch ein paar Fortschritte erzielen.

Da bin ich hinten rüber gefallen.«

Der Wombat wendet seinen Blick in Richtung Boden und faucht in einer Weise, die einem Angst machen könnte.

»Ja, du hast es erfasst. Ich war stinksauer! Aber ich bin ruhig geblieben.«

Kasimir deutet ein Lächeln an und nickt mir auffordernd zu. Der Wombat will wissen, wie die Geschichte aus gegangen ist.

»Also gut. Ich habe ihm gesagt, ich müsse darüber nachdenken. Er hat gegrinst und es sich dann auf meinem Sofa bequem gemacht. Ich bin in die Küche gegangen und habe den Schnitzelklopfer aus der Schublade geholt. Als ich ins Wohnzimmer zurückkomme, hat er sich untenrum schon mal freigemacht. Als würde es sich nicht lohnen, für eine Nummer mit mir auch den Pulli auszuziehen.

Er hat den Klopfer nicht kommen sehen.«

Der Wombat schweigt. Er schluckt deutlich hörbar, nickt aber wieder und rückt etwas näher an mich ran. Ich fühle mich verstanden und eine schwere Last fällt von mir ab. Einem Menschen hätte ich das niemals erzählen können.

Die Sonne hat inzwischen den Schatten von der Terrasse vertrieben. Ich bin nass geschwitzt und spüre den Durst deutlich.

Als ich aufstehe und uns etwas zu trinken holen will, biegt der Jeep in die Einfahrt ein. Meine Tante steigt aus und ruft uns zu.

»Na, wie war's mit euch beiden?«

Angesichts des Geständnisses, dass ich gerade eben losgeworden bin, fehlt mir eine unverfängliche Antwort, doch Kasimir scheint eine zu haben. Ein Schwall von Lauten in den unterschiedlichsten Klangfarben prasselt auf meine Tante ein. Etwa zwei minutenlang quietscht, maunzt, faucht, jault und bellt er meine Tante an, und sie hört ihm aufmerksam zu.

Mir kommt es so vor, als würde er mich bei ihr verpfeifen, doch meine Tante lächelt mir aufmunternd zu und sagt nur: »Lass' uns reingehen.«

Beim Abendessen erzählt meine Tante von den letzten Tagen mit meinem Onkel.

»Er war immer so fleißig. Hat alles für mich gemacht. Ich hatte wirklich ein leichtes Leben. Er hat sich um alles gekümmert, mein Herbert. Irgendwann hat mich einfach interessiert, wie er das alles so macht. Hab 'ihn gefragt, wie man das Öl wechselt bei dem Jeep... und wie man die Brunnenpumpe repariert, da hat er gemeint, das bräuchte ich nicht wissen, weil er das ja tun würde. Und weil es so viele Dinge waren, die ich nicht wissen brauchte, weil er sie ja gemacht hat, wollte ich von ihm wissen, wie man einen Stall baut.«

»Einen Stall?«

»Ja, genau. Warum ich das wissen wolle, hat er gefragt und ich habe ihm gesagt, ich würde gerne Wombats züchten.«

Ich war perplex.

»Du züchtest Wombats?!«

»Ja. Seit zwei Jahren.«

Meine Tante ist eben anders als andere Tanten. Ich bitte Sie weiter zu erzählen.

»Herbert wurde richtig wütend. Warum, in aller Welt solle er mir erlauben, Wombats zu züchten. Die Viecher gäbe es hier schließlich haufenweise.

Weil es süße, aufmerksame Tierchen sind und weil es liebenswerte Hausgenossen wären, wenn sie nicht wild aufwachsen würden, hab´ ich ihm gesagt.«

»Wie hat er darauf reagiert?«

»Er hat gesagt, ich sei bekloppt. Ich hätte doch mit den Hühnern und in der Küche genug zu tun.

Und wenn dem nicht so sei, meinte er, wäre es auch mal wieder Zeit, das Klo sauber zu machen.«

»Gibt´s ja nicht! Ich wusste nicht, dass Onkel Herbert so drauf war! Was hast du dann gemacht?«

»Erst hab´ ich alles stehen und liegen lassen. Hab´ gar nichts mehr gemacht. Man, war der sauer!

So dreckig, wie in den zwei Monaten war das Klo noch nie! Und die Küche erst! Herbert hat sich zwar unheimlich aufgeregt, aber leider hatte er auch ein wahnsinnig großes Durchhaltevermögen.

Bevor der irgendwas gereinigt hätte, wäre es eher zu Staub zerfallen. Irgendwann konnte ich nicht mehr, hab´ alles saubergemacht und die Taktik geändert.«

»Wie denn?«

Kasimir setzt sich auf den Tisch und scheint aufgeregt, gibt aber keinen Laut von sich. Mit den Hinterpfoten stampfend schaut er meine Tante auffordernd an und freut sich offensichtlich auf den Höhepunkt der Geschichte.

»Ich habe mich neben ihn gestellt und nicht mehr mit ihm gesprochen. Das hat ihn zuerst irritiert. Später hat er dann nur mit dem Kopf geschüttelt und einfach weitergemacht mit dem, was er halt gerade so gemacht hat. Es war irgendwie, als wäre ich in der Lehre. Ich sah ihm über die Schulter, habe mir gemerkt, welches Werkzeug er für welche Dinge benutzt und weil ich ihm dabei immer zugeschaut habe,

habe ich eine Menge gelernt. Er hat aber nie gefragt, ob ich ihm helfen will. Im Gegenteil. Irgendwann ist er ausgerastet und schrie mich an, ich solle ihn in Ruhe lassen und verduften.

Den Hammer hat er nicht kommen sehen...«

Mir steht der Mund offen. Wieder habe ich den Eindruck, meine Tante sei mein Zwilling. Was für eine grausige Übereinstimmung, die uns beide verbindet! Im ersten Moment will ich ihr Vorwürfe machen, doch der Gedanke an meine eigene Tat stoppt mich schnell. Ich weiß, was sie gefühlt hat, in diesem Moment. Ich kann es nachempfinden, diesen Schmerz, der daher rührt, dass der Mensch, dem man seit Jahren blind vertraut, einem die Selbstachtung entzieht. Von jetzt auf gleich scheint man nichts mehr wert zu sein...

Meine Tante ist anders als andere Tanten. Ich bin anders als andere.

Oder sind wir doch alle gleich?

Ich bin wieder daheim, aber allein bin ich nicht.

Kasimir sitzt auf dem Sofa und erfreut sich an dem Katzengras, das ich für ihn in eine große Schüssel gepflanzt habe.

Der Spaziergang heute hat uns beiden gutgetan. Wir haben die zwei Grabstellen besucht und jeweils einen Strauß Blumen abgelegt.

Einen für Kevin, und einen für seine Freundin...

Gollums* Gesetz

Es war Gold, da gab es keinen Zweifel. Deutlich war der kleine Stempel am Verschluss der Kette zu erkennen. Und ich fragte mich, was man sich immer fragt, wenn man etwas Wertvolles findet:

ins Fundbüro oder behalten? Ich sah mich um, aber am Strand war niemand zu sehen. Sicher hatte die Kette schon länger am Strand gelegen. Also ging ich zurück ins Hotel.

Es war schön, aus der windigen Kälte in die Eingangshalle des Frieslandhotels zu treten und ich wollte mir noch einen Drink zum Aufwärmen genehmigen.

Mit mir saß noch ein alter Mann an der Bar, der sehr traurig schien, und als er nach einer Weile zu mir rüber schaute, kamen wir ins Gespräch.

Er sei jedes Jahr hier, und er und seine Frau hätten es auch immer genossen, aber im letzten Jahr habe Sie die Halskette ihrer Mutter am Strand verloren und hielte das für ein schlechtes Omen.

Tatsächlich sei Sie kurz darauf schwer erkrankt und er wisse nicht, wie er ihr helfen solle.

In mir brodelte es. Konnte das Schmuckstück, das ich gefunden hatte, eben diese Kette sein?

Einerseits fiel mir sofort der Gollum aus Tolkiens Herr der Ringe ein, der in mir schrie, dass dies ja wohl mein Goldschatz sei.

Andererseits sprach da noch eine andere leise Stimme: »Vielleicht kannst du hier einen Menschen sehr, sehr glücklich machen.«

Und während der alte Herr schwärmend von den gemeinsam verlebten Urlauben erzählte, versuchte ich mit den widerstreitenden Gefühlen umzugehen, die da in mir tobten.

Die Chance, dass die Kette tatsächlich genau jene war, die seine Frau vor einem Jahr verloren hatte, war wie groß? Eins zu einer Million? Aber *wenn* sie es war, wie glücklich konnte man einen Menschen machen?

Ich konnte förmlich spüren, wie sich Zwei auf meiner Schulter austobten:

Links der Engel, der mit sanfter Stimme auf mich einredete und rechts der Gollum, der dem Engel gerade erklärte, dass dann zumindest die Frage nach einem entsprechenden Finderlohn angebracht wäre...

Spontan zog ich die goldene Kette aus meiner Hosentasche und fragte ihn einfach.

»Sah die Kette vielleicht so aus?«

Das Gesicht meines Gegenübers sprach Bände. Es stellte zig unausgesprochene Fragen. Doch die echte Überraschung, die sich darin abzeichnete, bedurfte keiner weiteren Beweise.

Ich hielt ihm die Kette hin, und ungläubig und langsam griff er danach.

»Ich habe sie heute am Strand gefunden«, sagte ich fast beiläufig, trank meinen Drink aus und wollte auf mein Zimmer gehen, als ich bemerkte, dass er in Tränen ausbrach.

»Sie sind ein Engel«, stammelte er und schenkte mir den dankbarsten Blick, den ich je gesehen hatte. Ich ging mit einem unbeschreiblichen Gefühl von Glück und Zufriedenheit.

Niemals hätte mir die Kette dieses Gefühl beschert, wenn sie zuhause in meinem Schmuckkästchen gelegen hätte.

Diesmal hatte Gollum verloren.

Das Nashorn

Hat schon mal jemand etwas vom Pferd auf dem Flur gehört?

Es ist schon ein paar Jahre her, aber ein solches Ereignis kann man nicht vergessen. Ich saß in meinem Büro wie üblich vor dem Computer und überlegte, wie ein solches Gerät wohl aussehen würde, wenn es mit einem kurzen, knackigen Kawumm aus dem sechsten Stock auf dem Beton der Hofeinfahrt aufkommen würde. In mir brodelte es, doch im Rückblick war es wohl die Ruhe vor dem Sturm, als ich meine leere Tasse vor mir sah und mich entschied, die Entsorgung des Computers zugunsten einer Kaffeepause zu verschieben.

Das Hochhaus in dem ich arbeite, steht unmittelbar neben einem recht ansehnlichen Tierpark.

Ich bin schon oft dort gewesen. Meine Kinder kennen die Tiere dort mit Vornamen. Naja, mit Namen halt, oder haben die offiziell auch Nachnamen? Ist vielleicht die Gattung der Nachname? - Gisela Giraffe oder so? Keine Ahnung.

Mein Jüngster ist besonders von dem stattlichen Nashorn namens Herbert angetan. Tatsächlich schafft der kleine Mann es immer wieder, das ausgewachsene Tier durch Rufe in die Nähe des Absperrgitters zu locken. Oft stand ich schon triefend nass neben meinem Sohn, der sich, geschützt durch seine neue royalblaue Regenjacke, mit dem Nashorn über die jüngsten Tagesereignisse austauschte.

Jedenfalls hat es Herbert damals geschafft, aus seinem Gehege auszubüxen. Er lief die Straße vom Tierpark zum Stadtrand rauf und noch bevor die Feuerwehr zu hören war, quetschte sich das mächtige Tier zielstrebig in unseren geöffneten Lastenaufzug.

Als ich im sechsten Stock zum Kaffee holen das Büro verließ, bekam ich den Schock meines Lebens.

Herbert, deutlich zu erkennen an der leicht gekrümmten Spitze seines äußerst einschüchternden Horns, stand vor mir und nahm mit seinem massigen Körper den kompletten Flur ein.

Die schreienden Kollegen aus den hinteren Büros entlockten ihm nur ein verächtliches Schnauben.

Der Luftzug, der mir da entgegenwehte, war warm und angefüllt mit feinsten Tröpfchen der Flüssigkeit, die normalerweise Herberts Nasenschleimhaut benetzt.

An meinen Kaffee käme ich so nicht. Ich musste mir etwas einfallen lassen.

Kurz hielt ich ihm den hochgestreckten Zeigefinger hin und forderte ihn auf, zu warten.

Ich ging in mein Büro und nahm das Foto meines Jüngsten vom Schreibtisch. Ein Blick aus dem Fenster verriet mir, dass sich mittlerweile Menschenmassen vor dem Gebäude tummelten. Die Feuerwehr, ein Großaufgebot der Polizei und Unmengen an Schaulustigen produzierten ein lautes Hallo. Eine Durchsage ertönte, die die Menschen im Gebäude aufforderte, Ruhe zu bewahren. Ein Tierarzt, sowie ein bestellter Großwildjäger seien unterwegs, um die Gefahr zu eliminieren.

Kurz überlegte ich, wann ich wohl an mein geliebtes Heißgetränk kommen würde, wenn Herbert erschossen im Flur läge und eine Hundertschaft der Polizei den 'Tatort' absperren würde. Nein, das war keine Option. Also ging ich mit dem Bilderrahmen in der Hand zurück auf den Flur.

Herbert erkannte meinen Sohn sofort und bejahend nickte er mehrmals mit dem mächtigen Kopf, wobei das Horn auf seiner Nase mehrere faustgroße Löcher in der Decke hinterließ.

Langsam ging ich auf das Tier zu und da es nicht in der Lage war, in dem engen Korridor zu wenden, schob es sich mit dem Hinterteil voran zurück in Richtung Aufzug. Einladend scharrte Herbert mit den drei Zehen seines rechten Vorderbeins über das Laminat, um mir zu verstehen zu geben, dass ich bzw. mein Sohn zuerst den Aufzug betreten sollte. In der Hoffnung, dass meine 65 Kilogramm nicht das Quäntchen Gewicht darstellten, dass diesen Aufzug überlasten würde, betrat ich den eigentlich geräumigen Fahrstuhl. Als Herbert sein Hinterteil samt dem kleinen Schwanz durch die Türen geschoben hatte, war von der Geräumigkeit nichts mehr zu spüren. *Was* ich allerdings spürte, war die Körperwärme, denn so schwer es auch war, ich musste mich an seinem zweiten Horn festhaltend über seinen Rücken robben, um an die Tasten der Bedieneinheit zu kommen. Herbert half mir dabei, indem er den Kopf anhob, als ich mit dem linken Fuß auf seinem großen Horn stand. So konnte ich über den mächtigen Buckel hinweg den flachen Rücken erreichen. Ich überlegte. War der Buckel eigentlich ein Buckel, oder gehörte dieser Teil des Nashorns noch zum Kopf?

Endlich schlossen sich die Türen, und mit einem erschreckenden Quietschen setzte sich die Kabine in Bewegung.

Gerne hätte ich mich umgedreht, doch die Enge der Kabine ließ das nicht zu. In mir keimte die Angst auf, Herbert könne sich kurz aufbäumen. Er hätte mich ohne Zweifel an der Kabinendecke zerquetscht. Aber das Rhinozeros blieb erstaunlich ruhig.

Ich war glücklich, nach einer gefühlten Stunde (es sind in der Realität wohl eher 55 Sekunden) das vertraute Ping des Fahrstuhls zu hören.

Länger hätte die Fahrt auch nicht dauern dürfen, denn selbst wenn ein Nashorn keine Verdauungsstörung hat, ist die Geruchsentwicklung in einem so kleinen Raum ähnlich, als sei man in ein Fass Kuhdung gefallen.

Die Türen des Lastenaufzugs verschwanden und ließen die frische Außenluft herein. Ich hatte dank des Blickes aus dem Bürofenster einigen Trubel erwartet, doch was sich da im Hinterhof des Gebäudes abspielte, kam einer Endszene aus 'Stirb Langsam' gleich.

Das Geschrei war so laut, das einzelne Sätze kaum heraus zu hören waren.

Eine schwer bewaffnete SEK Einheit, die hinter mehreren Streifenwagen in Stellung gegangen war, starrte mich aus schwarzen Helmen an. Die Sirenen der Einsatzwagen klingelten in den Ohren, doch dieser ohrenbetäubende Lärm hielt scheinbar keinen Schaulustigen davon ab, aus den hinteren Reihen Fotos und Videos zu machen. Unzählige Streifenpolizisten versuchten, die neugierige Meute hinter die mit Flatterband gezogene Absperrung zu kriegen, und ich erkannte den Leiter des Tierparks Herrn Hase wild gestikulierend in einer Diskussion mit einem Beamten der Polizei. Ich wurde, bäuchlings auf dem Rücken eines Nashorns liegend, von den Blitzlichtern der landesweiten Presse geblendet und stellte mir im Geiste vor, wie sich das Bild meines Gesichts, knapp über dem Hinterteil eines Rhinozeros, neben dem rotweißen Schriftzug des bekanntesten Schundblattes Deutschlands wohl machen würde.

Es war nicht zu erkennen, ob sich in dem Hubschrauber, der über der Szenerie kreiste, ebenfalls Journalisten befanden. Sehen konnte ich ihn von meinem Platz aus nicht, aber vielleicht hätte es mir der auf der ausgefahrenen Drehleiter des Feuerwehrwagens stehende Feuerwehrmann sagen können, der war aber zu beschäftigt, die hysterischen Kollegen aus den oberen Stockwerken zu holen.

Endlich gab jemand den Befehl die Sirenen auszuschalten, um das schwanzwedelnd in der Aufzugkabine stehende Tier nicht zu verunsichern. Welch ein Segen. Die Geräuschkulisse war dennoch enorm.

Da die unwürdigsten Bilder von mir bereits im Internet kursierten, dessen war ich mir sicher, wäre es kein Beinbruch, wenn noch einige dazu kämen. Also ergriff ich beherzt Herberts kurzen Schwanz, um mich über seinen leicht behaarten Rücken zu ziehen und in einer Rotationsbewegung, recht geschickt wie ich fand, auf dem Boden zum Stehen zu kommen.

Losgelöst von dem Körper des Tieres schien ich den SEK Leuten im Weg zu stehen. Mir wurde über ein Megaphon die Anweisung gegeben, mich von Herbert zu entfernen.

Es waren in dem Gewirr keine größeren Käfige oder Netze zu sehen. Die offensichtliche Absicht der Behörden, die Tierparkattraktion meines Sohnes zu erschießen, konnte ich nicht billigen. Immerhin hätten diese Sesselpupser es ja später nicht mit einem in Tränen aufgelösten Kind zu tun. Also blieb ich stehen und verhinderte Schlimmeres.

Erst jetzt fiel mir auf, warum Herbert so seelenruhig hinter mir stand. Ich hatte vor der Kletteraktion über seinen Rücken das Bild meines Sohnes auf dem Boden abgelegt. Durch seine kurzen Beine hindurch konnte ich erkennen, wie er es zärtlich abschleckte.

Es war keine Option, weitere Male durch die Kabine zu krabbeln, also versuchte ich es mit Rufen. Doch das entlockte Herbert lediglich ein tiefes, abschätziges Grunzen. Ich war ratlos.

Wie aufs Stichwort löste sich aus dem Pulk von Menschen ein strahlend blauer Körper und rief: »MAAAMAAAA!«

Hinter mir stampfte es, und vor mir sah ich meinen kleinen Sohn in (für so kurze Beine) irrwitziger Geschwindigkeit auf mich zu laufen.

Gleich einem Quarterback in den amerikanischen Play Offs zirkelte der Kleine um die Beine der in schwarz gekleideten Mitglieder der SEK Mannschaft, die erfolglos versuchten ihn aufzuhalten. Ich war so stolz!

»Mama! Du hast Herbert aus dem Zoo geholt!«

Atemlos stand der kleine Mann vor mir und ich bemerkte die tiefe Dankbarkeit in seinem Blick.

Noch bevor ich etwas erwidern konnte, wurde ich mit einem kräftigen Stoß nach vorn geschoben.

Herbert hatte den Rückwärtsgang eingelegt.

Alle Einheiten vor mir brachten ihre Waffen in Stellung und die Journalisten fieberten dem richtigen Moment entgegen, auf den Auslöser zu drücken.

Ich wusste augenblicklich, dass es mir allein nicht möglich sein würde, Herbert vor einem gezielten Blattschuss zu bewahren. Sobald das Nashorn den Scharfschützen die breite Seite präsentieren würde, gäbe es für ihn eine Breitseite, die er nicht überleben würde.

Sein mächtiger Körper hatte die Fahrstuhlkabine bereits verlassen und nur der Kopf fehlte noch als ich den Leuten zurief:

»NICHT SCHIESSEN!«

Ich blickte in vereinzelte Gesichter, in denen die Gedankengänge deutlich abzulesen waren:

»Die hat vor Angst den Verstand verloren, die Arme.«

»Die ist verrückt, hat die denn gar keine Angst um ihr Kind?«

Doch es gab ein Gesicht, in dem ich Bestätigung sehen konnte. Ein wutentbrannter Zoodirektor löste seinen Arm aus dem Klammergriff des genervten Beamten und schritt rückwärts mit erhobenen Armen auf uns zu.

Der Einsatzleiter sah sich gezwungen, seinen Leuten den finalen Rettungsschuss zumindest vorübergehend zu untersagen. Immerhin gab es jetzt schon drei Personen, die bei einer Verletzung des Zielobjekts zu Tode kommen könnten. Etwas mulmig war mir allerdings auch als ich sah, wie Herberts Hörner an meinem Sohn auf und ab glitten, weil er in freudiger Begrüßung seinen Kopf an ihm rieb und meinen Kleinen damit hin und her schubste. Dieser jedoch hatte Tränen der Freude in den Augen, und in eben diese Augen schauend, musste ich nun auch noch eine Antwort auf seine Frage finden:

»Mama, kommt Herbert jetzt mit uns nach Hause?«

»Äh...«

Nie war mein Wunsch, mit einer leeren Tasse Kaffee an einem widerspenstigen Computer zu sitzen größer gewesen, als in diesem Moment.

Ich konnte mein Glück kaum fassen, als Hr. Hase einsprang und meinem Sohn antwortete:

»Das geht leider nicht, junger Mann. Ich habe Herbert heute die Erlaubnis gegeben, dich zu besuchen, aber seine Freunde im Tierpark wären ja total traurig, wenn er nicht wieder zurückkommt.«

Angesichts des ernsten und offensichtlich überzeugenden Tonfalls von Hr. Hase, schaute mein Sohn zwar niedergeschlagen drein, doch er ließ es sich nicht nehmen, eine Forderung zu stellen.

»Aber dann kommt Herbert heute mit in meine Schule!«

Die Geschichte schien aus dem Ruder zu laufen. Doch welche Alternativen gab es schon ohne das Tier zu erschießen und das Kind zu enttäuschen?

»Na gut«, sagte ich und so gefasst, wie Hr. Hase bis jetzt reagiert hatte, so entsetzt schaute er mich nun mit großen Augen an.

»Wir können doch nicht...«

»Das geht schon, Hr. Hase. Die Schule liegt dem Tierpark schräg gegenüber, und wenn wir Herbert zurück ins Gehege begleiten, können wir sicher einen Abstecher auf den Schulhof machen.«

»EINEN ABSTECHER!?«

Der Rummel vor uns wurde wieder lauter, und wir konnten beobachten, wie die SEK Leute ihre Stellung wechselten. Offensichtlich hatte der Einsatzleiter einen neuen Plan gefasst. Der Tierparkleiter sah mich an, als sei ihm gerade bewusst geworden, dass alle anderen wohl recht hatten und bei mir nicht alle Tassen vollständig sind.

»Wenn wir loswollen, dann jetzt«, gab ich ihm zu verstehen.

»Also gut.«

Das Leben des Tieres schien ihm doch mehr am Herzen zu liegen, als er selbst geahnt hätte.

Langsam setzten wir uns in Bewegung. Um den Riesen so gut es eben ging zu schützen, lief ich auf der rechten, Hr. Hase auf der linken Seite und mein Sohn war vorne ohnehin in ein Gespräch mit Herbert vertieft. Für ihn galt es, seinen Freund auf das Treffen mit seinen Schulkameraden vorzubereiten. Da wir dadurch nur sehr langsam vorwärtskamen, setzte ich ihn kurzerhand zwischen Herberts Hörner, so dass er nicht herunterfallen konnte. Ein Raunen ging durch die Menschenmenge, die sich vor uns teilte und wir verließen das Firmengelände durch das große Tor.

»Glauben Sie wirklich, dass wir das tun sollten? Auf das Schulgelände gehen, meine ich?«

Über den Rücken Herberts hinweg konnte ich Herrn Hase kaum sehen, aber es lag eine angestrengte Nervosität in seiner Stimme.

»Nun, sagte ich, wenn die Einsatzkräfte unseren Plan mitbekommen haben, ist der Schulhof vermutlich schon geräumt. Wenn nicht...«

Erst jetzt fiel mir etwas auf und leicht erzürnt sah ich meinen Sohn an, der sich selig vor Glück an Herberts Horn festhielt.

»Sag' mal, wieso bist du eigentlich nicht in der Schule?!«

Er drehte sich zu mir um und sein Gesicht verriet mir deutlich, dass er gehofft hatte, dieser Umstand würde in der Besonderheit des Augenblicks versumpfen.

»Äh, es war eh nur Deutschstunde, und ich habe Herbert aus dem Fenster gesehen, wie er die Straße hochgelaufen ist, und da hab' ich Frau Reisig gesagt, ich müsste auf Toilette...«

»Du hast also deine Lehrerin angelogen?«

»Nicht wirklich. Ich hab' ja nicht gesagt, ich muss 'jetzt' auf Toilette. Aber wenn ich jetzt so davon rede, muss ich schon...«

»Tja, dann sieh'mal zu, dass du Herbert nicht etwa bepiselst. Eine Pinkelpause gibt es jetzt sicher nicht.«

Strafe musste sein. Schließlich lechzte ich seit circa dreieinhalb Stunden nach einem Kaffee.

Die Ankunft an der Schule gestaltete sich leider keineswegs so ruhig wie erhofft. Der Hubschrauber der permanent über uns kreiste, hatte bereits sämtliche Anwohner vor die Haustüren gelockt. Als unser Quartett mit dem Gefolge aus Polizei, Feuerwehr und Schaulustigen das Schulgelände erreicht hatte, kündigte die Schulklingel das Ende des Unterrichts an.

Gleich den Schauspielern einer großen Oper kurz vor dem finalen Chorgesang, schienen die Schüler einsatzbereit hinter der breiten Tür des Haupteingangs gewartet zu haben, denn mit dem Klingeln drängte ein nicht enden wollender Strom von Kindern auf den Schulhof.

Hinter uns brach Panik aus.

Herbert blieb stehen. Die bemerkenswerte Gleichgültigkeit, mit der er das Tohuwabohu um sich herum bisher ertragen hatte, schien ein Ende zu nehmen. Mit stolzgeschwellter Brust beantwortete mein Sohn die Fragen der mutigeren Schüler, die der Absperrung der Lehrer entkommen waren. Diese versuchten nach dem ersten Schock eine Reihe vor den Kindern zu bilden, indem sie sich bei den Händen fassten. Erste Mitschüler meines Sohnes wurden von einigen Beamten unsanft weggezogen, worauf diese ängstlich in Tränen ausbrachen.

Diese Szenen riefen den Direktor der Schule auf den Plan, den ich strammen Schrittes auf die Polizisten zugehen sah. Beherzt griff er eines der Kinder bei den Schultern und schickte es wieder zurück zur Gruppe der Herbert Fans.

Wortfetzen der hitzigen Diskussion, die sich zwischen dem Schuldirektor und dem Einsatzleiter abspielte, drangen an mein Ohr.

»... zahmes Tier, das sieht man doch..., ... Biologieunterricht zum Anfass..., ...Gelegenheit, die man ergreifen muss...«

Ich sah den Leiter der Einsatzkräfte mit dem Finger auf den Schuldirektor zeigen. Offensichtlich hatte er in diesem Moment die Verantwortung abgegeben. Der Direx richtete das Wort an die ungläubige Lehrerschaft.

»Liebe Kollegen, wir alle kennen das Rhinozeros nur aus der Ferne. Selbst in unserem wunderschönen Tierpark ist es nur, meterweit entfernt, hinter Gittern zu sehen. Und auch wenn nicht alle von uns Biologie unterrichten, stellen wir uns doch täglich die Frage, wie unser Unterricht so ansprechend gestaltet werden kann, dass die Schüler dem mit ehrlichem Interesse folgen.

Ich nehme dieses überraschende Ereignis als ein Zeichen, dass in die richtige Richtung weist.

Denn vielleicht erfordert es unkonventionelle Methoden und vermutlich auch eine ordentliche Portion Mut, doch nie habe ich eine Gruppe von Schülern so begierig gesehen etwas zu lernen. Lassen Sie uns die Stühle aus den Klassenzimmern holen und die Schüler Fragen stellen. Ach was! Wir alle sollten Fragen stellen! Ich wüsste zum Beispiel gerne, was das Nashorn wohl gerne essen würde.«

Was soll ich sagen.

Der Hubschrauber wurde abgezogen und bis auf eine kleine Gruppe von Polizeibeamten zur Absicherung und einige Journalisten gingen die meisten Leute wieder ihrer Wege.

Herbert bekam einen großen Haufen Heu und war der Star des Tages. Der Schulunterricht verlängerte sich auf den Wunsch der Schüler bis in die Abendstunden. Viele Eltern gesellten sich dazu und die anfängliche Sorge um die Sicherheit ihrer Kinder wich einem tiefen Respekt gegenüber dem couragierten Einsatz unsererseits und der offenen Haltung des Schuldirektors.

Hr. Hase bewies sein erstaunliches Wissen über Nashörner und die Tierwelt im Allgemeinen und versprach, einmal im Quartal ein Tier in der Schule zu präsentieren.

Viele der Kinder schliefen in den Armen eines Elternteils ein, da sie sich hartnäckig geweigert hatten den Schulhof zu verlassen.

Stunden nachdem die Lehrer ein paar Kerzen aufgetrieben und angezündet hatten, nahm ich meinen gähnenden Sohn auf den Arm und verließ mit ihm den Schulhof in Richtung Zoo.

Herbert und Hr. Hase folgten uns und als wir uns verabschiedeten, gab sich auch Herbert in seinem Gehege der Müdigkeit hin.

Die Aktion machte landesweite Schlagzeilen und die wenigen Kritiker, die Herrn Hase, den Schuldirektor und mich als unverantwortlich verunglimpften, verstummten schnell.

Heute arbeitet mein Jüngster als Tierpfleger in dem Tierpark. Herbert ist mittlerweile im hohen Seniorenalter, ist aber nach wie vor die größte Attraktion und ein Kassenmagnet, der vielen anderen Tieren ein schöneres Gehege ermöglicht hat.

Ich arbeite immer noch in dem gleichen Büro und regelmäßig fällt mein Blick auf die tiefen Kratzer im Laminat vor dem Fahrstuhl und die Löcher in der Decke vor meinem Büro.

Dann umklammere ich meine Kaffeetasse mit beiden Händen und bin glücklich.

Jesus

Die Welt ist schon ein komischer Ort, dachte Jesus, als er allein an dem großen Tisch saß und auf die zwölf Mitglieder seiner Stammtischrunde wartete. Sein Vater hatte ihn in einer Zeit zur Erde geschickt, in der es noch nicht einmal Telefone gab... naja außer seinem eigenen natürlich.

Was ihm zum Zeitvertreib blieb, waren die Treffen mit seinen Kumpels. Nach und nach wollte er ihnen das Geheimnis seiner Herkunft verraten, ohne sie allzu sehr zu erschrecken.

Er liebte diese philosophischen Gespräche, die sie führten. Das **Was wäre, wenn**, das **Aha-Erlebnis**, wenn die Einsicht kam..., das Ausloten der Möglichkeiten, Dinge anders anzugehen, als auf die übliche Art... Im Gespräch mit Anderen kam jeder nochmal auf seine eigenen Ideen.

Gerade letzte Woche hatten sie alle darüber sinniert, was sich in ihrer Gruppe ändern würde, wenn z.B. *Er* als der kreativste Ideengeber nicht mehr dabei wäre. Natürlich hatte sich Jesus geschmeichelt gefühlt, als nahezu alle abwehrend reagiert hatten. Einige waren sogar ängstlich oder fast panisch geworden, und hatten ihn gefragt, ob er die Absicht habe, die Gruppe zu verlassen.

Das hatte er verneint und versichert, dass es nur ein experimenteller Gedanke sei.

Jesus war der Überzeugung, dass sich ein freier Geist auch mit unangenehmen Gedanken beschäftigen könne und er erhoffte sich eine lebendige Diskussion über die möglichen Auswirkungen.

Einzig Judas konnte sich eine Zukunft der Gruppe ohne Jesus vorstellen.

Der Abend war schwierig gewesen, da alle kurz davor waren, in Streit zu geraten.

Immer wieder musste er sie darauf hinweisen, dass es sich um ein hypothetisches Szenario handelte.

Die Zeit verging quälend langsam. Noch immer war keiner seiner Freunde aufgetaucht. Er stand auf, bestellte noch einen Krug Wein, ging hinaus in den Garten, und als er noch immer niemanden sah, zog er das Handy aus seinem Gewand und schrieb eine E-Mail an seinen Vater...

»Hallo Paps. Ich weiß, du wolltest, dass die Menschen vorankommen und ich sollte ihnen dabei helfen. Aber ganz ehrlich gesagt, ist der Verstand, den du ihnen gegeben hast, doch sehr eingeschränkt. Selbst diejenigen unter ihnen, die sich für freie Geister halten, reagieren auf neue Gedanken mit Panik. Sie haben Angst oder versuchen, das Neue zu bekämpfen.

Ich müsste sicher fünftausend Jahre hierbleiben, um etwas zu bewirken, und das wäre echt scheiße langweilig. Kannst du mir nicht einen der anderen Planeten zuteilen?«

Die Antwort kam prompt.

»Hallo Sohn. Schade, dass dir die Aufgabe nicht gefällt. Auf Tagris 4 gibt es noch diese Echsenartigen, die auf der Schwelle zur Zeitreise stehen. Wenn du bereit bist, dort weiter zu machen, schick ich dir jemanden.«

Das klang schon besser. Jeden Moment müsste also jemand um die Ecke kommen, der ihn um die Ecke brachte... Dann sah Jesus Judas auf sich zukommen. Sie küssten sich auf die Wangen und die römischen Soldaten kamen aus ihrem Versteck.

Das Gewissen

Das Portrait seines Vaters. Übermächtig hing es in dem Büro, dass er vor zwei Jahren von ihm übernommen hatte. Das erfolgreiche Bauunternehmen kränkelte, aber es kam niemandem in den Sinn, dass er dafür verantwortlich war.

Der Vorstand bestand aus 13 Leuten. Auch sein Vater war immer noch ein Teil des Betriebes, auch wenn dieser sich kaum noch dort blicken ließ.

Er hatte die falschen Entscheidungen getroffen und dutzende Menschen hatten ihr Leben verloren, als dieses Gebäude eingestürzt war.

Er hatte entschieden, die Träger zu verändern. Er wollte das Geld sparen, das die Beschichtung der Bauteile gekostet hätte.

Der bequeme, hohe Ledersessel sollte das Letzte sein was er spürte, aber eigentlich spürte er nichts mehr. Das war ok. So würde er auch die Kugel nicht spüren.

Langsam hob er die Waffe an seinen Kopf. Das Klingeln des Telefons irritierte ihn. Nichts war jetzt mehr wichtig, doch der Klingelton hatte etwas Nachhaltiges. Er hatte seiner Sekretärin den Auftrag erteilt, die Leitung zu sperren und ihr für heute frei gegeben. Niemand konnte ihn jetzt noch erreichen. Dennoch holte ihn das Klingeln ins Hier und Jetzt zurück, ob er wollte oder nicht. Erst in diesem Moment spürte er die Kälte des Metalls an seiner Schläfe.

Ihm kam der Gedanke, dass es vielleicht das Schicksal sein könnte, oder Gott, der ihn zu erreichen versuchte. Irgendjemand, der mit seinem Geist Verbindung aufnehmen wollte… vielleicht, um ihn abzuhalten, vielleicht auch um ihm zu erzählen wie es sein würde, … danach.

Langsam ließ er die Waffe sinken und beugte sich vor, um auf das Display des Telefons zu schauen.

Er kannte die Nummer. Es war die Handynummer seiner Mutter. Kurz überlegte er, ob er rangehen sollte. Zunächst widerstand er dem Impuls, der brave Sohn zu sein und den Hörer abzunehmen. Dann jedoch sah er die Chance, sich wenigstens von einem Menschen zu verabschieden, bevor er sich endgültig aller Sorgen entledigte. Zaghaft nahm er den Hörer auf und ähnlich wie der Lauf der Neun-Millimeter-Pistole fühlte sich der Hörer kalt an auf seiner Haut.

»Hallo?«

Schweigen.

Dann ein Schluchzen.

»Mama?«

» Oh, Junge!«

Er fühlte sich ertappt. Seine Mutter weinte. Sie konnte kaum ein Wort hervorbringen, und er dachte an übersinnliche Eingebung. An die besondere Verbindung zwischen Mutter und Kind, die ihr offensichtlich die Selbstmordabsichten ihres Sohnes offenbart hatte. Er wollte Sie trösten.

»Ach Mama, nimm´ es dir nicht so zu Herzen. Wir gehen doch alle irgendwann. So ist es einfach leichter, weißt du, und wir sehen uns bestimmt wieder, in einer besseren Welt, glaube ich.«

Das Schluchzen seiner Mutter erstarb.

»Was?... Woher weißt du es denn schon?«

»Weiß ich *was*?«, fragte er.

»Das dein Vater sich umgebracht hat! Es ist doch gerade erst passiert!... Er hat sich erschossen. In seinem Büro. Und er hat einen Abschiedsbrief hinterlassen. Der Einsturz des Bürogebäudes, du weißt schon... Er hat seine Verbindungen spielen lassen und den billigeren Stahl bestellt. Oh Gott, Junge, er war schuld am Tod all dieser Menschen!«

Das konnte doch unmöglich wahr sein! Andererseits... genau *das* war die Erklärung dafür, dass der Bau nur zwei Jahre gehalten hatte.

Er selbst hatte geglaubt, der hervorragende Stahl bräuchte keine zusätzliche Ummantelung. Und sein Vater verließ sich darauf, dass der Billigstahl die schützende Beschichtung erhielt. Hätten sie doch nur miteinander gesprochen.

»Junge, bist du noch dran?«

Ihm entfuhr ein ungläubiges Lachen.

Dann war er es, der in Tränen ausbrach.

»Ja, Mama. Ich bin noch dran... Danke, dass du mich sofort angerufen hast.«

Er meinte es so ernst, wie noch nie etwas in seinem Leben. Zwei Sekunden später, und seine Mutter hätte Ehemann und Sohn am selben Tag, auf dieselbe Art und Weise, wegen derselben Sache verloren.

Eigentlich hatte sich für ihn nichts geändert. Noch immer trug er die Verantwortung für den Tod vieler Menschen. Dennoch würde seine Zukunft eine andere sein, als noch vor einigen Minuten. Er dachte nach und traf eine Entscheidung.

»Ich komme nach Hause, Mama. Ich muss nur noch eine Sache auf den Weg bringen.«

Die Zeitungen berichteten vom Tod des Bauunternehmers, den das schlechte Gewissen in den Selbstmord getrieben hatte.

Der Sohn des Unternehmers, selbst Vorstandsmitglied, rief einen Hinterbliebenenfond ins Leben und veränderte die Unternehmensstruktur grundlegend.

Seit dem Ableben seines Vaters baut die Firma vorrangig erschwingliche Reihenhäuser und betreibt sozialen Wohnungsbau.

Nach der Verleihung eines Preises für besondere soziale und öffentliche Verdienste, sagte er in einem Interview auf die Frage, ob er sich dieser ehrenwerten Aufgabe der Schuld seines Vaters wegen verschrieben habe:

»Sehen Sie, Schuld, oder nicht Schuld... das ist hier **nicht** die Frage. Ich wünschte, mein Vater hätte ein paar Sekunden länger gewartet, dann hätte er sicher einen anderen Weg gesehen. Ohne meinen Vater wäre ich nicht hier.«

Der Reporter dachte in diesem Moment an eine glückliche Kindheit seines Interviewpartners, an eine fundierte Ausbildung und war gerührt von dessen ehrbaren Grundsätzen und der Liebe zu seinen Eltern.

Der Befragte dachte in diesem Moment an das kalte Metall an seiner Stirn.

Die Sängerin

Hastig schlug Sie die Zeitung auf. Vor nichts hatte Sie so viel Angst, wie vor diesem Moment.

Der Artikel fand sich im hinteren Teil und war nicht gerade groß, aber genau das machte ihr Hoffnung. Lob war immer schneller abgehandelt als Kritik.

Sie las den ersten Satz und erstarrte. Sollte Sie diesen Schund überhaupt weiterlesen? Gab es vielleicht eine Wendung? Ein Aber?

»...die Philharmoniker konnten angesichts der unterirdischen Gesangseinlagen der Mathilde Reinhardt auch nichts mehr retten. Es bleibt zu hoffen, dass sich diese "Sopranistin" in Zukunft mit dem Singen unter der Dusche begnügt.«

Wer hatte diese Unverschämtheit verfasst?

Sie fand den Namen des Autors unter den schmachvollen Zeilen: Friedhelm König.

»Soso, Herr König. Ich denke, ich sollte ihnen eine ganz private Vorstellung liefern...«

In aller Ruhe ging Sie in den Garten.

Irgendwo in der alten Baracke musste noch das Rattengift stehen.

Der Champagnerkelch

Ich habe einen Mord aufgeklärt.

Natürlich wäre das nicht meine Aufgabe gewesen. Meine edle Herkunft hätte mich vor so etwas schützen müssen. Aber nur ich konnte dieses abscheuliche Verbrechen enthüllen, auch wenn ich mich dafür zerstören musste.

Ich komme aus einer edlen Glasmanufaktur. Zusammen mit fünf meiner Mitbewerber wurde ich, glänzend herausgeputzt, in einer Vitrine von Scheinwerfern bestrahlt. Das Licht ließ mein Kristallgewand in den schönsten Farben schimmern. Meine Schönheit kam derart zur Geltung, dass es nicht lange dauern konnte, bis sich ein Interessent finden würde.

So kam es, dass ein junger Mann mit grünen Augen mit dem Finger auf mich zeigte. Er zahlte den angemessenen Preis für meine Gesellschaft, und zusammen verließen wir die altehrwürdige Fabrik. Warum er auch die Anderen mitnahm, war mir ein Rätsel.

Es war Anfang Dezember und eiskalt in der, zugegeben, hochwertigen Tüte mit dem geschwungenen Schriftzug unseres Hauses. So war ich auch sehr erleichtert, als wir endlich nach einigen Stunden das Domizil des jungen Mannes erreicht hatten. Aber was ich dort sehen musste, ließ meine Hoffnung auf fünf Gänge Menüs mit intellektuellen Gästen im Keime sterben. Die erstaunlich kleine Wohnung hatte, um es freundlich auszudrücken, einen sehr urbanen Charakter.

Immerhin hatte ich die Gesellschaft meiner Mitgefangenen in dieser Kaschemme, und wir hatten sogar das Vergnügen einer gepflegten Reinigung, an deren Ende wir, blitzeblank und ohne auch nur den Hauch eines Fingerabdrucks, in den Küchenschrank gestellt wurden.

Nun möchte doch ein jeder gerne wissen, welche Aufgabe er im Leben hat, nicht wahr?

Die philosophische Frage nach dem Sinn des Daseins trieb auch mich um, und ich war mehr als enttäuscht, als das Weihnachtsfest verstrich, ohne dass ich zum Einsatz gekommen wäre. Ja, ich hatte sogar den Eindruck, meine Leidensgenossen seien am Stiel leicht geknickt, und das wunderschöne Kristallglas, aus dem wir gefertigt waren, verlöre an Glanz.

Doch an Silvester war es endlich soweit! Vorsichtig, mit behandschuhten Fingern, nahm mich der junge Mann aus dem Schrank, in dem wir mit unzähligen geleerten Senfgläsern hatten stehen müssen. Ein weiteres Glas meiner Herkunft wurde, ebenso umsichtig, neben mich auf ein kleines Tablett gestellt, auf dem sonst nur noch eine billige Flasche Sekt Platz fand. Ich seufzte. Aber was hatte ich erwartet? Champagner?

Etwas ansehnlicher angezogen als sonst, trug uns der junge Mann aus der Wohnung und läutete an einer Tür ein Stockwerk tiefer. Ich war gespannt.

Es öffnete eine junge Frau. Sie war blond, hübsch, aber ihr Blick ruhte zweifelnd, und ich denke, mit einem Anflug von Abscheu auf dem jungen Mann, der zu ihr sprach:

»Hallo, äh... guten Abend, Frau Gerber. Ich wollte nur, wenn Sie einen Moment Zeit haben… wollte ich mich bei Ihnen entschuldigen, dass ich meine Musik immer so laut aufgedreht habe. Ich will auch gar nicht lange stören. Naja, ich habe fürs neue Jahr den guten Vorsatz gefasst, mich mit den Nachbarn auszusöhnen und wollte deshalb mit Ihnen auf das neue Jahr anstoßen.«

Seine grünen Augen lächelten tatsächlich mit, als er das sagte, und die Züge im Gesicht der jungen Frau wurden weicher.

»Oh, das ist aber eine nette Geste«, erwiderte Sie erstaunt.

Ich freute mich sehr. Hatte ich doch endlich meine Bestimmung gefunden!

Ich sollte diese beiden einander näherbringen! Da war es gerade noch zu ertragen, dass er mich mit dem schnöden Gesöff füllte und der Frau das Tablett hinhielt, damit Sie mich greifen konnte.

Es war ergreifend! Zum ersten Mal durfte ich einen Menschen erquicken. Durfte die sachte Berührung spüren, den zarten Kontakt der Finger an meinem Stiel und ihrer Lippen an meinem Rande. Natürlich nippte Sie nur an diesem billigen Prickelwasser, doch hinterließ Sie einen leichten Film ihres zartrosa Lippenstifts als Zeichen meiner Krönung!

Der Triumph war kurz.

Wieder hielt er ihr das Tablett hin. Forderte Sie quasi auf, mich wieder abzustellen. Formlos verabschiedete er sich und stiefelte mit uns zurück in seine Wohnung.

Ich schämte mich fremd. Was für ein ungehobelter Klotz war mein Besitzer? Mein ebenfalls verstörter Begleiter wurde gereinigt, poliert und zu uns anderen in einen Karton gepackt.

Ich erhielt diese Aufmerksamkeit nicht, aber das war mir ganz recht. So blieb mir wenigstens der Hauch von Lippenstift, der mich an mein erstes Abenteuer erinnerte.

Wir sahen nichts, aber wir sechs konnten das Feuerwerk hören, das um Mitternacht gezündet wurde.

Am Neujahrsmorgen war es still. Dennoch bewegte sich der Karton und ich vernahm deutlich, wie der junge Mann mit uns die Wohnung verließ und scheinbar erneut ein Stockwerk tiefer ging. Er klingelte. Die Klingel hörte sich jedoch anders an und ich hörte ihn sprechen:

»Guten Morgen, Herr Schürmann.«

»Guten Morgen, was wollen Sie?«

Die Stimme klang nach der eines alten Mannes, der jedoch durchaus energisch zu sein schien.

»Hr. Schürmann, es ist doch jetzt ein neues Jahr angebrochen und ich weiß natürlich, dass ich Ihnen Ärger gemacht habe, aber vielleicht können Sie sich die Sache mit der Kündigung noch mal überlegen.

Ich brauche die Wohnung nämlich wirklich. Sehen Sie, ich habe Ihnen auch ein kleines Versöhnungsgeschenk mitgebracht.«

Das Licht des Hausflurs fiel in den Karton und ich erkannte das neugierige Gesicht des alten Herrn über mir.

»Oh, die sind aber hübsch. Na, dann kommen Sie mal rein junger Mann.«

Wir wurden durch den Flur getragen. Edle Möbel standen dort und ich stellte zufrieden fest, dass dieses Etablissement schon eher meinen Ansprüchen genügte.

Doch dann kam der Schock!

Als wir im Wohnzimmer waren, stellte der junge Mann den Karton ab, und ich musste mit ansehen, wie er eine Champagnerflasche nahm (es war wohl ein Moet et Chandon), und sie dem alten Mann von hinten auf den Kopf schlug! Ich hörte, wie der Schädel brach. Ein erschreckendes Geräusch. Es hatte etwas Unumkehrbares.

Ich war zum Bersten gespannt. Mit Lederhandschuhen holte uns der junge Mann aus dem Karton, stellte mich auf den Wohnzimmertisch und benetzte mich mit einigen Tropfen des Champagners. Er drückte ein weiteres Glas dem Alten in die Hand, und alle anderen stellte er zu den exquisiten Weingläsern in die Vitrine des Wohnzimmerschranks. Er suchte noch etwas in dem antiken Schreibtisch und verließ dann die Wohnung.

Was würde nun geschehen?

Fast zwei Tage stand ich allein dort auf dem Tisch, neben dem die Leiche lag. Dann endlich wurde die Tür geöffnet, eine ältere Dame schrie auf und verständigte die Polizei. Ich überlegte. Die Spuren, die die Beamten finden würden, waren eindeutig. Wir Champagnergläser waren offensichtlich im Besitz des alten Mannes gewesen. An mir befanden sich nachweislich Spuren der jungen Nachbarin. Sicher würde Sie verdächtigt, und für einen Mord verurteilt werden, den Sie nicht begangen hatte. Ich musste etwas tun.

Immer noch spürte ich die zärtliche Berührung ihrer Lippen auf meinem Glaskörper, und der Gedanke, dass dieses unschuldige Wesen im Gefängnis enden würde, erhöhte die Spannung in mir derart, dass es klirrte.

Ein schmerzhafter Riss zog sich vom Stiel bis zum Rand hoch und machte meinem Dasein ein Ende.

Ich konnte nur noch die Stimmen der Polizisten hören:

»Offensichtlich hat er mit einer Frau ein Glas Champagner getrunken. Die Spuren vom Lippenstift und den Fingerabdrücken auf dem Glas müssen wir mit denen aller Zeugen abgeglichen werden.«

»Ich will nicht vorgreifen, aber die Farbe könnte zum Lippenstift der Frau Gerber nebenan passen.«

»Das klären wir ab. Eins macht mich allerdings stutzig.«

»Und was?«

»Wer bietet einer anderen Person einen Champagner in einem gesprungenen Glas an, wenn er noch vier heile Gläser im Schrank hat?«

Das alles ist jetzt ein knappes Jahr her. Wieder ist es Dezember und bald ist Weihnachten.

Seit dem schrecklichen Geschehen liege ich mit dem Glas aus der Hand des alten Mannes in einem Behälter in der Asservatenkammer der Polizei.

Ich habe gehört, dass der Prozess bald beginnt.

Die Wohnung des jungen Mannes ist kleiner geworden, seit man bei ihm die Kündigung des Mietvertrags gefunden hat.

Ohne mich hätten sie niemals danach gesucht.

Rache ist süß

Hier irgendwo musste sie sein, die Anleitung. Gerd S. ging mit der kleinen Funzel in der Hand über den verdreckten Boden des Hofes in Richtung Stall.

Rainer hatte ihm telefonisch mitgeteilt, dass er sie auf der Flucht vor der Polizei in diesem dreckigen, verpilzten und noch dazu nassen Einstellplatz hatte liegenlassen.

Der extreme Geruch nach Pferdedung nahm ihm fast den Atem, doch er musste diese wichtigen Dokumente unbedingt finden. Schließlich hatten sie beide viele Monate investiert und sein Kollege hatte eine Menge Schleimarbeit in Kauf genommen, um an diese Information zu kommen. Wenn jemand anderes den USB-Stick fand, war es vorbei.

Die Box ganz rechts sollte es sein. Darin sollte eine alte Kommode stehen, auf der einige Pferdedecken lagen. Das hatte er ihm noch sagen können, bevor er das Gespräch hastig beendet hatte. Irgendwo zwischen den verdreckten Lumpen sollte er den Stick finden.

Er hatte keine Ahnung von Pferden. Sie waren ihm suspekt und er hielt sie für unberechenbar.

Er hoffte das die Box leer war…

Langsam und leise passierte er die ersten zwei Pferdeställe, immer lauschend, ob es irgendein anderes Geräusch gab, als das leichte Schnaufen und das Scharren der Hufe, das aus diesen Boxen kam. Bald hatte er den Eindruck, die Pferde würden immer lauter.

»Nur die Ruhe«, beruhigte er sich. »Das ist nur das Adrenalin.«

In den Geruch von Heu und Dung mischte sich ein fürchterlicher Gestank nach Verwesung, der ihn an die tote Ratte denken ließ, die er neulich in den Kellerräumen der Firma gefunden hatte.

Er hasste Ratten. Aber irgendwie hatte er auch Mitleid empfunden für dieses Tier. Vermutlich würde er ebenso verrecken, wie dieses Vieh, wenn er weiterhin dort unten die völlig wertlosen Akten sortierte. Mittlerweile war das alles digitalisiert, aber die Firmenleitung bestand auf diese altmodische 'Sicherung', und nachdem er nach der Auseinandersetzung mit Fritz Gödecke, dem zweiten Vorstandsvorsitzenden der Abteilung Datensicherung, aus seinem hübschen kleinen Büro ins Archiv katapultiert worden war, bestand keine Hoffnung mehr auf irgendeine Art von Aufstieg. Sie wollten ihn dort unten versauern lassen.

Der Geruch wurde unerträglich. Das konnte keine Ratte sein.

Er kam an der dritten Box vorbei und befürchtete schon, dort einen verendeten Gaul vorzufinden, doch der dunkle Stall war leer. So traurig leer wie sein Leben.

Seit seiner 'Suspendierung' war sein Privatleben den Bach runter gegangen. Seine Frau lebte seit der Scheidung mit einem Anderen in einer Kleinstadt in den Niederlanden, und das hübsche Reihenhaus hatte er gegen eine kleine Zwei-Zimmer-Wohnung in einer siffigen Mietskaserne tauschen müssen.

Als er seine letzten Euros in der Kneipe um die Ecke versaufen wollte, traf er auf Karol Lubowicz.

Nach einigen Bierchen und mehreren Pinnchen Korn versprach ihm der Serbe, der gute Kontakte zur russischen Wirtschaftsszene pflegte, einen ordentlichen Anteil aus dem Verkauf sensibler Daten, wenn er diese aus seiner Firma stibitzen könnte.

Nach weiteren fünf Bierchen schwante ihm, dass Karol diesen Leuten selbst eine Menge Geld schuldete und bereits damit rechnen musste, von furchteinflößenden ukrainischen Schlägern plattgemacht zu werden.

Weitere zwei Biere später stand der Plan. Doch für die Durchführung brauchte er noch einen Mitwisser an der richtigen Stelle. Sein alter Bürokollege Rainer S. war wie er selbst ein kleines Licht, hatte aber die richtigen Kontakte und was viel wichtiger war: er hatte viele Jahre mit ihm zusammengearbeitet und konnte ihm vertrauen. Obendrein gab Rainer Unmengen an Geld für Frauen aus, was den Deal zu einer Win-Win-Situation machte.

Dann aber hatte sich Rainer gemeldet und ihm gesagt, er sei wohl beobachtet worden und müsse den Stick schnellstens loswerden.

Ein lautes Schnauben aus der gegenüberliegenden Box ließ ihn zusammenfahren.

»Rainer, du Idiot!«, dachte er.

Warum zum Henker musste sein Kumpel sich ausgerechnet diesen beschissenen Ort als Versteck aussuchen. Wäre er jetzt hier, würde er ihm die Fresse polieren.

Wenn er noch weitere zehn Minuten in dieser runtergekommenen Jauchegrube verbringen musste, würde er sich übergeben müssen.

Endlich hatte er den Stellplatz vier erreicht.

Kein Geräusch in dem Raum. Kein Pferdekopf über dem halbhohen Holzgatter. Langsam hob er den schweren Eisenriegel an, um die Holztür zu öffnen.

Kaum ein Lichtstrahl fiel in den nahezu quadratischen Stall. Links vom Gatter waren zwei Heuballen aufgestapelt. Am Ende des Raumes glaubte er die Kommode zu erkennen.

Es waren sicher nur drei bis vier Meter dorthin, doch in der Mitte des Raumes lag etwas Großes unter einer Plane.

Er war sich sicher. Hier lag der Grund für den Verwesungsgeruch.

Er hätte sich daran vorbeischleichen sollen. Es ignorieren. Den Stick holen und verschwinden.

Doch von einer Welle unerklärlicher Neugier erfasst, hob er die Plane an.

Das Erste was zum Vorschein kam war Blut.

Unmengen von Blut.

Es war kein Pferd gewesen.

In dem Moment, in dem er erkannte, dass die Leiche von Fritz Gödecke vor ihm lag, hörte er die Polizeisirene draußen vor den Stallungen.

Hektisch ließ er die Plane fallen, sprang über den Leichnam hinweg rüber zur Kommode. Doch als seine Hände die verzweifelte Suche nach dem Stick aufnahmen und er die ersten Decken beiseite geworfen hatten, fiel der Schein einer starken Taschenlampe auf ihn.

»Nehmen Sie die Hände hoch und treten Sie einen Schritt zurück!«

Die energische Aufforderung kam von einem der zwei Polizisten, die mit gezogener Waffe im Tor standen.

Er wurde in Handschellen abgeführt und wunderte sich zunächst über den Großeinsatz von mindestens vier Streifenwagen. Doch im nächsten Moment wurde ihm klar, woher die Polizei von seiner Anwesenheit gewusst hatte.

Im blinkenden Schein blauer Einsatzlichter stand Rainer und zeigte mit dem Finger auf ihn.

»Rainer, du Ratte!«

Die Verurteilung fiel eindeutig aus. Mord aus niederen Beweggründen.

Das Gericht sah es als erwiesen an, dass er sich der Betriebsspionage schuldig gemacht hatte.

Die Plane hatte Blutspuren an seinen Händen hinterlassen und auch der USB-Stick, der am Tatort gefunden wurde, galt als Beweis seiner Schuld, da sich auf ihm seine Fingerabdrücke befanden.

Die Staatsanwaltschaft ging davon aus, dass Fritz Gödecke bemerkt hatte, dass ihm wichtige Daten gestohlen worden waren und dass er den Angeklagten für den Täter hielt.

Rainer S. hatte als Zeuge ausgesagt, dass es in dem Streit zwischen Herrn Gödecke und dem Archivmitarbeiter Gerd M. wohl um Datenmissbrauch gegangen war.

Gerd M. wusste es besser, hatte er sich doch damals nur mit Gödecke gestritten, um zu verhindern, dass Gödecke seine 'guten Kontakte' auf seine damalige Ehefrau ausweitete.

Genutzt hatte das allerdings nichts und auch vor Gericht wollte ihm niemand Glauben schenken, also wurde er zu lebenslänglicher Haft verurteilt.

Ein halbes Jahr nach dem Urteil erhielt Gerd M. einen Brief in die Justizvollzugsanstalt Gelsenkirchen.

Lieber Gerd,
Ich hoffe, es geht dir gut.
Ebenso hoffe ich, dass dein Zorn auf mich sich ein wenig gelegt hat. Denn auch, wenn es meine Aussage war, die dich hinter Gitter gebracht hat, denke ich, dass sich deine Lebenssituation nicht verschlechtert hat.
Sollte es dir an irgendwas fehlen, scheue dich nicht, mit mir Kontakt aufzunehmen.

Mit freundschaftlichen Grüßen
Rainer S., zweiter Vorstandsvorsitzender, Abt. Datensicherung

Kurz darauf erhält Rainer S. eine Antwort.

Lieber Rainer,
Tatsächlich geht es mir hier in meiner geräumigen Einzelunterkunft sehr gut.

Die netten Wärter und die regelmäßigen Mahlzeiten tun mir gut, und der Stress der Verhandlungstage ist vergessen.

Hocherfreut habe ich festgestellt, dass ein alter Bekannter, dem ich damals den USB-Stick versprochen hatte, ebenfalls hier einsitzt. Vielleicht erinnerst du dich an ihn. Es ist Karol Lubowicz.

Er verbüßt eine Haftstrafe wegen Widerstands gegen die Staatsgewalt, da er einem Polizisten den Arm ausgekugelt hat, nachdem dieser ihn wegen einer Geschwindigkeitsübertretung angehalten hatte.

Die sechs Monate sind fast rum, und er wird vermutlich Anfang nächster Woche auf freien Fuß gesetzt.

Ich freue mich für ihn, bin aber auch traurig darüber, einen so gleichgesinnten Gesprächspartner zu verlieren.

Ich gratuliere dir im Übrigen herzlich zu deiner Beförderung und danke dir für dein großzügiges Angebot, mir einen Gefallen zu tun.

Wie ich schon erwähnte, fehlt es mir hier an nichts, deshalb bitte ich dich nur, meinem Bekannten, der aufgrund mehrerer Rippenbrüche lange nicht arbeitsfähig war, etwas Starthilfe zu leisten. Ich habe ihm deine Adresse gegeben.

Mit freundschaftlichsten Grüßen

Gerd M.

Eisige Gefahr

Es war kühl. Andere würden sagen eiskalt. Im Morgengrauen setzte er sich in seinem Zelt auf und rieb sich den Schlaf aus den Augen. Er hatte das Abenteuer gewagt. Ganz allein war er in die Eiswüste aufgebrochen, um Kalika zu suchen. Seit einer Woche war sie weg. Noch hatte er keine Spur von ihr finden können, doch er musste weitersuchen.

Seine Eltern hatten ihn zurückhalten wollen, aber ohne Kalika war das Leben trostlos.

Warum sein Husky verschwunden war, wusste er nicht. Aber Gott war bei ihm. Das war schon immer so gewesen. Ihm konnte nichts passieren. Ein kleiner Gott saß stets in ihm und gab ihm Schutz.

Er schlug die Zeltplane beiseite, sah die helle Sonne über dem glitzernden Eismeer aufgehen und als seine Augen sich an das Licht gewöhnt hatten, fiel sein Blick auf das runde Fellbündel neben dem Zelt.

Kalika hatte ihn gefunden.

Erfolg

Einmal wurde ein erfolgreicher Schriftsteller gefragt, woher sein großer Erfolg kommen möge.

Er überlegte und sagte, zunächst einmal seien natürlich seine Leser für den großen Erfolg verantwortlich. Er bedankte sich bei allen, die Interesse an seinen Büchern gezeigt hatten und hielt inne.

Sicher war er seinen Lesern dankbar, aber der Ursprung des Erfolgs waren sie nicht, also überlegte er und sagte, er sei auch Gott dankbar für dieses Talent, das er ihm gegeben hätte.

Aber auch das fühlte sich nicht ganz richtig an. Er überlegte wieder und war schließlich der Ansicht, er müsse seinen Eltern dankbar sein, dass sie ihn zur Schule geschickt haben, andererseits hatten seine Eltern gar nicht so viel damit zu tun, dass er so gerne schrieb.

Vielleicht war es eher seine Lehrerin gewesen, die ihn für seine Geschichten immer gelobt hatte. Doch auch seine Lehrerin hatte ja nicht all diese wunderschönen Geschichten verfasst, die seine Leser so liebten.

Er dachte zurück. Ganz an den Anfang. Und er musste erkennen, dass kein Mensch für seinen Erfolg verantwortlich war. Er fühlte sich auch erfolgreich, wenn niemand seine Geschichten las. Einfach nur deshalb, weil er sie geschrieben hatte.

Er hatte so viele Bücher geschrieben, so viele Kapitel und alles hatte mit einer einzigen Sache begonnen:

Als Kind hatte er sich ein Wort ausgedacht. Eines, das es noch nicht gab. Keiner konnte etwas anfangen mit diesem Wort. Keiner wollte es benutzen. Aber er liebte dieses Wörtchen, seine Länge, seinen Klang, die Stimmung, die es schuf.

Also nahm er einen Stift und schrieb um dieses Wörtchen herum seine erste Geschichte.

Ein Traum von Musik

Noch bevor er es wirklich hören konnte, hatte er es schon im Ohr. Und tatsächlich! Morgens um Punkt fünf Uhr dreißig rollte der klappernde Geschirrwagen durch den Flur.
Er ärgerte sich. Der ganze Tag war für ihn gelaufen, wenn man ihn zu nachtschlafender Zeit aus den Träumen riss. Natürlich hatte er in seinem Beruf als Bergmann immer schon früh aufstehen müssen, und alle meinten er sei Frühaufsteher. Aber insgeheim hatte er davon geträumt, mit Beginn der Rente frühestens ab neun Uhr das warme Bett zu verlassen. Neun Jahre lang hatte er diese Genugtuung genießen dürfen. Hilde hatte ihm wie immer das Frühstück gemacht und die Zeitung hingelegt und war dann eingeschlafen. Für immer.
Er dachte an Theo und Marion. Wie das Paradies hatten sie ihm mit schillernden Worten dieses Etablissement schmackhaft gemacht. Nun lag er in dem, zugegeben, für Altenheimverhältnisse recht großen Zimmer in dem schnöden Einzelbett und starrte auf den Fernseher, der erkaltet auf dem alten Sideboard stand, das Hilde und er vor vierzig Jahren gekauft hatten.
Der Wagen kam näher.
Heute machen sie die kurze Runde, dachte er.
Die Heimleitung hatte sich etwas ganz Besonderes einfallen lassen, damit jeder Bewohner auch mal *länger* schlafen konnte. Sie fingen die Runde mit dem Frühstückswagen einfach an einer anderen Stelle an. Das verschaffte einem satte zwanzig Minuten. Lächerlich! Es klopfte. Anders als sonst.
» Ja.«
Die Zimmertür wurde aufgestoßen, und eine Fremde betrat den Raum.

Schon wieder eine Neue, dachte er. Immer wieder, wenn er sich langsam an ein Gesicht gewöhnt hatte, machte die Pflegerin schlapp und gab die Arbeitsstelle zugunsten einer jungen, unerfahrenen Nachfolgerin auf.

»Ich bin Nadine!« schepperte es lautstark aus dem Hals der Neuen. So schnell, wie es ihm möglich war setzte er sich auf, hievte die Beine aus dem Bett und stand auf. Die Vorletzte hatte ihn tatsächlich füttern wollen, weil Sie den Eindruck gewonnen hatte, er sei nicht in der Lage aufzustehen. Dabei wollte er doch nur noch ein bisschen liegen bleiben.

» Soll ich Ihnen noch bei der Morgenwäsche helfen?«

Es kam aggressiver, als er es beabsichtigt hatte.

»NEIN!«

»Oh, da ist aber jemand mit dem falschen Bein aufgestanden, was?«

Etwas unbeholfen räumte Sie die Bücher beiseite, die auf dem kleinen Esstisch am Fenster lagen, um dort das Frühstückstablett abzustellen, während er ins Bad ging. Als er zurückkam, war er überrascht, die Pflegerin noch im Zimmer vorzufinden. Nadine schien vertieft in ein Buch, dass er sich im örtlichen Buchladen gekauft hatte. Musiklehre für Anfänger, dachte er, ist doch nun wirklich kein fesselnder Roman.

»Sie interessieren sich für Musik?« fragte Sie.

»Das ist nur so, wehrte er ab. Ich habe nichts anderes gefunden.«

»Soso«, sagte Nadine und begab sich zur Tür.

Sie warf ihm noch ein süffisantes Lächeln zu und schloss die Zimmertür hinter sich.

Was will ich denn nur mit diesem Buch, dachte er.

Seine Mutter hatte ihn als kleines Kind in ein Konzert mitgenommen, ja. Aber das war fast fünfundsechzig Jahre her. Doch noch immer begleitete ihn die Erinnerung an das edle Opernhaus und den grandiosen Klang des Flügels, der oben auf der Bühne stand.

Die stehenden Ovationen, die der Pianist am Schluss der Vorstellung erhielt, bereiteten ihm eine Gänsehaut, und er klatschte und weinte. Letzteres war ihm im Nachhinein peinlich gewesen. Deshalb hatte er auch nie darüber gesprochen. Auch nicht mit Hilde. Seine Frau war bodenständig und hatte kaum einen Sinn für die schönen Künste. So versorgte er ein Leben lang als Bergmann die Familie und trug viele Jahrzehnte diesen Traum im Herzen. Den Traum, selbst einmal dort oben zu stehen und stehende Ovationen entgegen zu nehmen.

»So ein Quatsch«, sagte er zu sich selbst und warf das Buch aufs Sofa.

Am darauffolgenden Morgen klopfte es leise und zaghaft.

»Ja!«

Nadine trug das Tablett ins Zimmer und bemühte sich, leise zu sein.

»Bleiben Sie ruhig noch etwas liegen, wenn Sie wollen. Ich habe Ihnen etwas mitgebracht, Herr Jörgen.«

Er hatte keine Lust zu antworten.

Die Pflegerin stellte das Tablett auf dem Tisch ab.

»Wenn Sie nichts dagegen haben...?«

Sie schaute ihn an und hielt ihm eine DVD hin. Als er desinteressiert an ihr vorbeisah, machte Sie sich am DVD-Player zu schaffen, drehte den Fernseher in seine Richtung und verließ den Raum. Siegfried Jörgen seufzte. Was immer diese aufdringliche Person da angeschleppt hatte, die Fernbedienung lag neben dem Gerät und gleich würde er aufstehen müssen, um den plärrenden Fernseher auszuschalten.

Der Raum war dunkel. Nadine hatte das Licht wieder ausgemacht, als Sie verschwunden war. Auch der Fernseher zeigte ein schwarzes Bild.

Na, wenigstens etwas, dachte er. *Vermutlich hat Sie keine Ahnung davon, wie man das Ding zum Laufen kriegt.*

Doch dann gaben die Lautsprecher ein leises Raunen von sich.

Allmählich wurde das Bild aufgeblendet und zeigte die frontale Ansicht eines Konzertsaales. Rechts und links umrahmt von den erhabenen Logenplätzen füllten die leeren Sitzreihen das Bild unterhalb der Bühne, auf der reichlich Stühle und Notenständer im weiten Halbkreis um einen geöffneten Flügel aufgestellt waren. Das glänzende, schwarz lackierte Instrument schien wie im Schlaf und wartete auf den Moment, da es mit seinem Klang den Saal und die Empfindungen der Zuhörer beherrschen würde. Das Raunen wurde lauter, und nun wurde Siegfried Jörgen bewusst, woher es kam. Es waren die Stimmen der flüsternden Menschen, die in Kürze den Saal betreten würden.

Er merkte plötzlich, dass ihn die Müdigkeit verlassen hatte. Die Spannung, die das Publikum eines solchen Ereignisses ergriff, übertrug sich auch auf Siegfried Jörgen. Im Bett liegend hoffte er, dass Nadine kein modernes Jazzkonzert ausgesucht hatte.

Seine Zweifel waren unbegründet. Das Publikum nahm Platz. Und das ziemlich fix, denn in einer kurzen Zeitraffersequenz verkürzte man die Zeit bis zum Eintreten der Musiker.

Applaus brandete auf. Das Piano blieb noch unbesetzt. Mit wachen Augen beobachtete Hr. Jörgen den Bildschirm. Wer würde den Flügel bedienen. Eine Frau? Ein Mann? Warum hatte diese DVD keinen Vorspann?

Dann war es soweit. Eine Frau, schätzungsweise Ende zwanzig, kam in einer langen, smaragdgrünen Robe auf die Bühne, verbeugte sich vor dem applaudierenden Publikum und nahm auf der Klavierbank Platz. Stille. Zart strichen die Violinen die ersten Töne eines klassischen Stücks und die Pianistin sortierte, von einer weiteren Kamera ins Visier genommen, ihre Finger über den Tasten. Sie konzentrierte sich, holte mit geschlossenen Augen tief Luft, warf dabei den Kopf leicht zurück und...

Aus. Dunkelheit. Kein Ton war mehr zu hören. Der Bildschirm schwarz.

»Verdammt!« entfuhr es ihm.

Entrüstete Stimmen auf dem Flur sagten Siegfried Jörgen, dass er nicht der Einzige war, bei dem wohl etwas schieflief. Genervt stand er auf. Die Heimleiterin war auf dem Flur zu hören.

»Es ist nur ein kleiner Stromausfall, Fr. Eggert. Kein Grund zur Sorge.«

Das eintönige Gemurmel, mit dem Fr. Eggert von gegenüber, ihre Beschwerden loszuwerden pflegte, konnte Siegfried Jörgen nicht leiden.

Wieder die Heimleiterin:» Was? Wieso haben Sie ihr Frühstück denn noch nicht? Wo steckt denn Nadine schon wieder? Mein Gott, dieses Mädchen ist die wohl langsamste Kraft, die ich je eingestellt habe. Wenn das so weitergeht, muss ich Sie... «

»So, guten Morgen Frau Eggert, hier habe ich ihr Frühstück.«

Nadine war aus dem Nebenzimmer getreten und nun sah es die Leiterin Fr. Schwertkessel als ihre Pflicht, ihre Mitarbeiterin vor der alten Eggert auseinander zu nehmen. Einerseits wünschte sich Siegfried Jörgen, die Türen wären schallisoliert, andererseits hatte er ein ausgeprägtes Unrechtsempfinden. Also trat er auf den Flur und unterbrach Fr. Schwertkessels Standpauke.

»Es tut mir leid, Fr. Eggert, aber das ist nicht Nadines Schuld. Das Sie ihr Frühstück erst jetzt bekommen, liegt ja nur daran, dass Sie mir bei der Morgenwäsche helfen musste.«

Sprachlos ruhten die erstaunten Blicke von Fr. Schwertkessel und Fr. Eggert auf dem Mann, der barfuß, mit zerknittertem Schlafanzug, einem ebensolchen Gesicht und wüst abstehenden Haaren vor Ihnen stand.

Fr. Schwertkessel erlangte Ihre Fassung zurück und verabschiedete sich, nicht ohne Nadine darauf hinzuweisen, dass es wohl nötig sei nochmal einen Kurs in Hygienebetreuung zu absolvieren, wenn Sie ihre Probezeit überstehen wollte.

Die alte Eggert schien persönlich beleidigt.

»Den Kaffee können Sie gleich wieder mitnehmen, der ist ja jetzt wohl kalt.«

»Aber der Kaffee bleibt doch in der Thermoskanne heiß, Fr. Eggert...«

Nadine trug das Tablett der in ihr Zimmer stürmenden Frau Eggert hinterher, zwinkerte dem alten Herrn jedoch vorher dankbar zu.

Siegfried Jörgen wollte es sich nicht so recht eingestehen, doch als Nadine am nächsten Morgen mit dem Frühstück an seiner Tür klopfte, hatte er schon auf Sie gewartet. Das Fensterrollo war bereits hochgezogen und er saß, frisch gekämmt und angekleidet, auf dem Sofa. Als Nadine das Zimmer betrat, fand Sie ihn in das Buch vertieft.

»Guten Morgen, Hr. Jörgen.«

»Guten Morgen«, erwiderte er, während Nadine das Frühstück auf dem Tisch ausbreitete.

»Ohne Tablett sieht es doch gleich viel schmackhafter aus, nicht wahr?«

Sie hatte Recht. Die aufgehende Sommersonne schien auf die Brötchen, die dank einiger aufgewirbelter Staubpartikel den Eindruck machten, sie seien in dieser Sekunde aus dem Ofen gekommen und dampften noch.

»Danke«, sagte er leise. Nadine schaute ihm in die Augen.

»Nix da, Hr. Jörgen. Ich habe zu danken. Frau Schwertkessel ist eh nicht so gut auf mich zu sprechen, und Sie haben ihr gestern den Wind aus den Segeln genommen.«

» Die alte Eggert ist ein Besen«, meinte er trocken und Nadine konnte sich ein Grinsen nicht verkneifen.

»In welchem Kapitel sind Sie denn eigentlich in Ihrem Buch?«

Eigenartigerweise verlor Nadine kein Wort über die DVD. Nachdem nach viereinhalb Stunden unerträglichen Wartens der Strom endlich wieder eingeschaltet wurde, hatte Siegfried Jörgen verzückt vor dem Fernseher gesessen. Als er das Publikum scheinbar unaufhörlich klatschen hörte, war er wieder ein kleiner Junge und strich sich verstohlen eine Träne aus dem Gesicht. Den Rest des Tages hatte er mit lebendigen Erinnerungen an seine Mutter verbracht.

»Ich bin noch ganz am Anfang.«

Nadine warf einen Blick auf die Seite.

»Die Bezeichnung der Klaviertasten prägt man sich ja viel besser ein, wenn man ein Instrument vor sich hat«, sagte Sie.

»Ich kann mir wohl kaum ein Klavier ins Zimmer stellen.«

Sein Bedauern war deutlich heraus zu hören.

Offensichtlich hatte Sie ins Schwarze getroffen. Siegfried Jörgen interessierte sich nicht für Blas- oder Streichinstrumente.

»Aber ein Keyboard geht doch.« Aufmunternd sah Sie ihn an.

» Wenn ich mich recht erinnere, duldet die Heimleitung keine Musikinstrumente auf den Zimmern...«

»Solange Sie mit Kopfhörern üben, dürfte das kein Problem sein, denke ich.«

»Meinen Sie?«

»Nadine. Ich heiße Nadine. Darf ich Sie Siegfried nennen?«

Es war merkwürdig, mal wieder beim Vornamen angesprochen zu werden. Noch dazu von einer so jungen Frau. Aber es war Siegfried Jörgen nicht unangenehm.

»Siggi. Ich heiße Siggi. «

Sie gaben sich die Hand.

Eine Woche später erhielt Hr. Jörgen ein ziemlich sperriges Paket, dass die Aufmerksamkeit diverser Bewohner auf sich zog. Besonders Fr. Eggerts Neugier war geweckt. Als würde Siegfried Jörgen es nicht merken können, öffnete Sie ihre Tür einen Spalt breit und versuchte, die Aufschrift auf dem Paket zu entziffern. Der alte Mann kümmerte sich nicht weiter darum und schob das Paket über seine Türschwelle.

Nadine wusste mittlerweile alles über Siggis Traum, ein Klavierkonzert zu geben. Natürlich war er sich bewusst, dass die Chancen, diesen Traum wahr zu machen, gegen Null tendierten. Schließlich konnte er ja nicht mal einen Akkord spielen.

Aber er hatte Phantasie. Und Nadine hatte einen Plan.

»Ich brauche ihre Anzuggröße «, sagte Sie zu ihm. Siggi schaute Sie verdutzt an.

»Wieso denn das?«

»Lass ´mich nur machen. Wie weit bist du denn mit den Übungen gekommen?«

» Meine Finger wollen einfach nicht so wie ich will, antwortete er, das hört sich bei mir alles so abgehackt an. Langsam glaube ich, es war eine dumme Idee, jetzt noch mit dem Klavierspielen anzufangen.«

» Oh, glaub 'mir, Hartz vier Fernsehsendungen zu gucken ist eine viel dümmere Idee.«

Siggi wusste, dass Nadine damit eine Anspielung auf die Freizeitbeschäftigung der Frau Eggert machte.

»Aber wo soll denn der Sinn sein, wenn ich mich tagein tagaus darüber ärgere, dass ich nur für mich übe und kein einziges Lied auf die Reihe kriege.«

Seine Frustration war ihm deutlich anzusehen. Nadine setzte sich zu ihm.

» Siggi. Woran hattest du Spaß, als du das Keyboard bestellt hast? « Siggi Jörgen überlegte.

»An der Vorstellung spielen zu können, die Leute zu unterhalten und Applaus zu kriegen.«

Er hielt seine Antwort für überheblich, dennoch hatte er den Eindruck, dass Nadine sich niemals über ihn lustig machen würde.

»Und wofür applaudieren die Leute?... Sieh mal, sie klatschen nicht dafür, dass sie eine Eintrittskarte bekommen haben, nicht dafür, dass die Musiker rechtzeitig zum Auftritt gekommen sind. Sie klatschen nicht mal dafür, dass so ein Musiker Jahre geübt hat, um ihnen was vorzuspielen. Sie applaudieren, weil sie bewegt sind. Weil sie ergriffen sind von dem Klang. Wofür würdest du klatschen? Welchen Klang brauchst du, um so ergriffen zu sein, dass du applaudieren willst?«

Siegfried Jörgen schaute nachdenklich auf den Boden. Seine Verzweiflung wich einer leisen Ahnung, dass er zu viel von sich verlangt hatte. Nadine stand auf.

»So, ich muss dann wieder, sonst steigt mir die Schwertkessel aufs Dach. Ich schlage vor, du siehst dir das Konzert nochmal an. Achte doch mal ganz genau darauf, welche Momente dir besonders vorkommen.«

Damit verabschiedete Sie sich.

Der Besuch seiner Kinder war überraschend. Seit er vor zehn Monaten hier einzog, hatten Theo und Marion ganze drei Mal die Zeit gefunden vorbei zu schauen.

»Es ist ja eine schöne Sache, wenn man sich im Alter ein Hobby sucht...«, referierte Theo, und Marion hielt es für angebracht, den Satz ihres Bruders zu vervollständigen, »...aber Frau Schwertkessel hat uns gebeten, mit dir darüber zu reden, ob es nicht etwas anderes gibt, was du tun könntest. Zum Beispiel lesen. Oder kreuzworträtseln. Irgendetwas, dass deinen Mitbewohnern nicht ihre Ruhe nimmt.«

Siegfried Jörgen wurde wütend.

» Ich habe hier niemanden gestört! rief er. Ich spiele grundsätzlich mit Kopfhörern!«

Theo ergriff das Wort.

»Aber Fr. Schwertkessel meinte, es lägen Beschwerden vor, die Sie nicht ignorieren könne.«

»Ich kann mir gut vorstellen, wer sich davon gestört fühlt. Wenn die Hexe von gegenüber etwas gegen mein Keyboard hat, soll Sie mir das gefälligst selber sagen!«

»Papa! «Marion schien entsetzt von der Wortwahl ihres Vaters.

»Wie kommst du überhaupt so plötzlich ausgerechnet auf's Klavierspielen, fragte Theo. In deinem Alter lernst du das doch sowieso nicht mehr... «

Jetzt reichte es.

» Ich denke, es ist Zeit, dass ihr geht «, sagte Siegfried Jörgen mit fester Stimme. Jahrzehntelang hatte er für die Familie Entscheidungen getroffen und den Kindern ein gutes Zuhause und eine ordentliche Ausbildung ermöglicht. Solange er nicht dement wurde, hatten sie nicht das Recht, ihm irgendetwas streitig zu machen.

Theo und Marion starrten ihn an, als sei er verrückt geworden.

»Wenn Mama noch leben würde, würdest du... «

»RAUS!«

Siegfried Jörgen erschrak selbst vor der Lautstärke seiner Stimme. Marion stand mit offener Kinnlade im Raum, bis Theo Sie am Arm zur Tür zog.

»Wir meinen es nur gut, weißt du?« Theos Stimme klang tief beleidigt.

»Jaja.«

Siggi Jörgen setzte sich den Kopfhörer auf, doch er konnte sich heute nicht mehr konzentrieren.

Am nächsten Morgen klopfte es sehr energisch.

»Guten Morgen, Hr. Jörgen.«

Die uninteressierte Pflegerin, die sein Zimmer betrat, hatte normalerweise Dienst auf einer anderen Etage.

»Wo ist denn Nadine?« wollte er von ihr wissen, doch Sie antwortete lapidar:

»Keine Ahnung, ist wohl abgehauen. «

Am Freitagnachmittag saß Siegfried Jörgen am Fenster. Er war um acht Uhr ins Büro der Heimleitung gestiefelt und war fast ausfallend geworden, als Frau Schwertkessel ihn ermahnte, es sei ihr zu überlassen, wo ihr Personal eingesetzt werde. Im Übrigen stünde Nadine wegen ihrer Unzuverlässigkeit ohnehin auf der Schwelle zur Entlassung.

Zur Beruhigung seiner Nerven hatte er sich nochmals die Konzert DVD angesehen, und ihm war etwas bewusst geworden: Im Grunde brauchte er nur drei Momente zu hören, um sich die Stimmung des Konzertstücks zu eigen zu machen. Der Beginn mit den ersten Pianotönen, der spannende Höhepunkt, in dem das Stück noch unvollkommen klingt, und den erleichternden Schlussakkord, der den Zuhörer nach Hause begleitet. Zu gerne hätte er mit Nadine darüber gesprochen, aber Sie stand offensichtlich unter Beobachtung ihrer Vorgesetzten, und er wollte ihr keinen Ärger einbringen.

Es klopfte einmal an der Tür. Auf sein 'Ja, bitte' meldete sich niemand. Siegfried Jörgen bemerkte den Briefumschlag erst um 15.55 Uhr.

In dem Brief versicherte ihm Nadine, ihn bei der Erfüllung seines Traums zu unterstützen. Sie würde ihn gerne zur offiziellen Besuchszeit gegen 16 Uhr in der Cafeteria treffen.

Hastig zog er sich die Schuhe an und ignorierte die verwunderten Blicke einiger Bewohner auf dem Weg durch die Flure.

Er fand Nadine an der Café-Theke in einem hitzigen Gespräch mit Frau Schwertkessel.

»Da Sie nicht mehr zum Stammpersonal gehören und auch keinen Angehörigen haben, der hier wohnt, möchte ich Sie doch bitten, das Haus zu verlassen«, hörte er die Heimleiterin sagen.

»Nadine ist hier, um mich zu besuchen!«

Frau Schwertkessel erschrak, denn Siegfried Jörgen hatte sich hinter Sie gestellt und sah Sie nun verärgert an. Schmollend gab Sie nach.

»Nun, wenn Sie meinen... «

Einen Kaffee und ein Stück Bienenstich später hatte Siggi Nadine alles über seine musikalischen Erkenntnisse mitgeteilt.

»Es sind also im Grunde nur drei Akkorde, die diese große Wirkung erzielen?« fragte Sie ihn.

»Ja, genau. Der Rest des Konzerts spielt in meinem Kopf... aber was nun?«

»Diese drei Akkorde musst du spielen können. Einwandfrei. Ohne Fehler. Bis morgen Abend.«

»Wieso bis morgen Abend?«

»Um 21 Uhr hole ich dich ab.«

»Da ist die Besuchszeit aber schon...« Nadine stoppte seinen Einwand mit einem eindringlichen Blick.

»Du willst an einen Flügel?«

» Ja natürlich!«

»Ok, dann bis morgen. Ach ja, das hier ist für dich. Und keine Angst, das ist nur geliehen. «

Sie schob die große Tüte, die Sie bei sich hatte, unter dem Tisch zu ihm rüber. Siegfried Jörgen warf einen Blick hinein und sah neben einer schwarzen Hose und einem weißen Hemd die Spitzen eines schwarzglänzenden Fracks. Er blickte Sie fragend an.

» Es soll doch perfekt sein, oder nicht? Und ein solches Instrument verdient die angemessene Kleidung. Also keine Fragen mehr. Vertrau mir.«

Noch immer fragte sich Siggi Jörgen, was Nadine geplant hatte.

Um 20.30 Uhr stand er tags darauf vor dem Kleiderschrank und betrachtete sich in dem edlen Outfit. Er fühlte sich wohl darin. So, als sei dieser Frack schon immer Teil seiner Garderobe gewesen.

Er sah sich im Geiste mit dem Dirigenten letzte Worte wechseln, bevor es auf die Bühne ging. Er fand das keineswegs anmaßend, denn er war allein und dies war sein Traum.

Um 20.50 Uhr stand er mit seinem Frack vor dem Empfang, und musste sich neugierige Fragen des Pförtners Willi Kohlmann gefallen lassen. Jetzt kam er sich schon etwas overdressed vor. Ein normaler Anzug hätte es vielleicht auch getan.

Um 21.05 Uhr saß er in Nadines Auto und wusste nicht mehr, was er hier überhaupt tat. Nadine fragte ihn nach seinem Notenblatt.

» Ja, ich habe es in der Innentasche, aber jetzt kannst du mir doch sagen, wo wir hinfahren, oder?«

»Heute Abend gibt es ein Klavierkonzert in der Stadthalle.«

»Da sind wir aber zu spät dran, schätze ich.«

»Ganz im Gegenteil. Wir liegen gut in der Zeit. Meine Mutter erwartet uns gegen 22 Uhr.«

»Deine Mutter?« Siggi Jörgen wollte Nadine nicht nerven. Deshalb verkniff er sich alle weiteren Fragen. Dies war ihr Plan. Er hoffte nur, egal was Sie auch vorhatte, dass er sich nicht blamieren würde.

Als er und Nadine, die sich in ein umwerfendes royal blaues Kleid geworfen hatte, in die Eingangshalle traten, kamen ihnen bereits einige Zuhörer entgegen. An der Garderobe herrschte ein geduldiges Gedränge, da viele Konzertgäste ihre Mäntel und Jacken abholen wollten. Siggi Jörgen war enttäuscht.

»Wir sind also doch zu spät. Das Konzert ist vorbei.« Schelmisch zwinkerte Nadine ihm zu.

»Dieses schon. Deines fängt erst nachher an. Komm 'mit.« Noch immer strömten Menschen aus dem großen Festsaal, und ihre Gesichter leuchteten. Das Konzert musste sehr gut gewesen sein.

Kurz vor dem Saal bog Nadine ab, öffnete eine unscheinbare Tür und über einen langen Flur erreichten sie einen Bereich, der anscheinend neben der Bühne lag. Vereinzelt standen Musiker mit ihren Instrumenten nebeneinander und freuten sich sichtlich über die gelungene Vorstellung. Einen kurzen Blick konnte er durch den Bühneneingang in die prunkvolle Halle werfen. Dem Opernhaus von damals ähnlich, trugen die verzierten Säulen ein kunstvoll bemaltes Deckengewölbe, von dem riesige Kronleuchter herabhingen. Eine weitere Tür führte in einen kahlen Raum, in dem allerlei Putz- und Reinigungsmittel untergebracht waren.

»Was sollen wir denn hier?« fragte Siggi Jörgen entgeistert.

»Darf ich dir meine Mutter vorstellen?«

Erst jetzt nahm Siegfried Jörgen die Dame mit dem Kittel wahr, die an einem kleinen viereckigen Tisch in der Ecke saß.

»Siegfried Jörgen. Angenehm.« sagte er und streckte der freundlich lächelnden Person mit den schwarzen Locken, in die sich ein paar graue Strähnen verirrt hatten, die Hand entgegen.

» Helene Konstantinis. Es freut mich, Sie kennen zu lernen. Meine Tochter hat viel von Ihnen erzählt.«

Das klischeebehaftete "hoffentlich-nur-Gutes" blieb auf seiner Zunge hängen. Stattdessen lobte er:

» Ihre Tochter ist wirklich ganz wunderbar. Allerdings weiß ich noch immer nicht so genau, was wir hier machen. Ich hoffe, ich blamiere niemanden.«

Siegfried und Helene schauten sich eine Spur zu lange in die Augen, bis ihm auffiel, dass er nun schon eine Minute lang ihre Hand hielt. Helene verabschiedete sich, und er blieb mit Nadine zurück.

»Eigentlich dürften wir ja nicht hier sein, aber meine Mutter ist seit 23 Jahren Reinigungskraft hier, und ich habe Sie schon als Kind immer begleitet. Die Atmosphäre in diesem historischen Gebäude ist irgendwie besonders.

Hast du die Gesichter der Leute gesehen? Sie haben alle
gelächelt. «

»Ja, schon. Aber ich komme mir gerade etwas dumm vor «,
gab Siggi Jörgen zu.

» In einer halben Stunde sind die Türen geschlossen und
die Musiker auf dem Heimweg. Aber der Flügel wird erst
morgen wieder abgebaut.«

Langsam formte sich ein Bild vor Siggi Jörgens innerem
Auge. Er, allein am Flügel. Verbotenerweise. Und ohne
Kenntnisse, dieses Instrument zu bedienen. Er bekam
Panik.

» Ich glaube, ich kann das nicht.«

»Zeig 'mir mal deine Noten.«

Er zog das Notenblatt aus seiner Jackettasche und legte es
auf den Tisch...

Dann war es so weit. Helene gab ihnen Bescheid, dass alle
Leute die Stadthalle verlassen hatten. Nervös stand er am
linken Bühnenrand und sah auf den majestätischen,
geschwungenen Holzkorpus, der die Bühne beherrschte,
selbst wenn niemand die schwarzweiße Tastenreihe
berührte. Langsam ging er darauf zu. Der Bühnenboden
knarrte leicht unter seinen Füßen, und sein Blick glitt zu
den Stuhlreihen, auf denen er im Geiste die Menschen
sitzen sah, die ihm zuvor begegnet waren. Ein Blick,
zurück über den Steinway Flügel, hin zu dem imaginären
Dirigenten. Sie nickten sich zu.

Als er die Klavierbank erreicht, fällt es ihm auf: die
NOTEN! Da sind keine Noten! Erschrocken fasst er sich an
die Brust, doch er weiß, er hat die Noten auf dem Tisch
vergessen. Aber jetzt gibt es kein zurück. Das Publikum
wartet!

Ehrfürchtig setzt er sich auf das Polster. Es erstaunt ihn,
wie lang diese Reihe schwarzer und weißer Tasten
wirklich ist. Wie hoch der Flügel aufragt.

Konzentration. Nadine ist die Akkorde nochmal mit ihm durchgegangen: E-Moll, B-Moll, F-Dur. Er sucht und findet das mittlere C... OK.

Leise hört er die Geigen die Geschichte einleiten. Da wird es ihm schlagartig bewusst: Es ist nicht irgendeine Geschichte, die hier gespielt wird. Er wird SEINE Geschichte spielen. Sein Leben. Er sortiert die Finger über den Tasten. Sein Fuß drückt das rechte Pedal nieder.

Rechte Hand: E-Moll in Grundstellung. Linke Hand: C, oktaviert.

Er steigt ein. Spielt die Töne einzeln, Arpeggio. Ein Mollakkord, ja. Aber in Einzeltönen klingt er leicht, fast fröhlich. Wie sein Leben früher, als er Arbeit im Bergbau fand, Hilde heiratete, die Kinder kamen. Dann der Hausbau... nicht immer leicht, aber im Allgemeinen doch fröhlich. Der Akkord klingt lange.

»Die Tasten sind viel schwerer zu drücken als die vom Keyboard«, hatte Nadine ihn gewarnt. Aber der Anschlag ist gleichmäßig und es hört sich gut an.

Dann der Hauptteil: erneut sucht er nach den richtigen Tasten. Jetzt nur nicht hektisch werden. B-Moll in der zweiten Umkehrung.

Rechte Hand: B, Cis und F. Linke Hand: immer noch das C, als Oktave.

Er schlägt ihn einmal an. Dann nochmal. Die Leichtigkeit des Lebens ist dahin. Der Saal ist erfüllt von einem schwermütigen, dramatischen Klang. Siegfried Jörgen sieht Hilde. Sie lacht nicht mehr. Sie ist krank. Sie stirbt. Er fühlt noch einmal die volle Wucht der Verwirrung. Das Pedal hält diesen Ton lange. Er passt zu den Gefühlen, die er hat, seit die Kinder ihn in dieses Heim brachten.

Das B -Moll klingt aus. Doch aller Schwermut zum Trotz, macht Siegfried Jörgen eine Entdeckung.

Es ist ein Übergangsakkord. Es fühlt sich unvollständig an. Es ist nicht das Ende! Er konzentriert sich ein letztes Mal auf die Tasten. Dieser Akkord *muss* sitzen.

Rechte Hand: F in der ersten Umkehrung. Linke Hand: wechseln
zum F, oktaviert.

Er schlägt ihn an, und der Klang raubt ihm den Atem. Er
möchte in Tränen ausbrechen, denn hier ist die
Entspannung. Das tiefe F lässt die Luft vibrieren. Jetzt ist
es vollbracht. Alles fällt von ihm ab. Es ist der alles
auflösende Schlussakkord, und Siegfried Jörgen weiß nun,
dass er noch nicht am Ende angekommen ist. Sein Leben
wird sich ändern. Er weiß noch nicht wie, aber ab heute
wird er anders leben. Entspannt, zufrieden.
Der Ton wird leiser und eine Minute, nachdem er
verklungen ist, hört er den aufbrandenden Applaus des
Publikums. Siegfried Jörgen schaut in die erste Reihe und
sieht dort seine Mutter. Stehend, klatschend, weinend vor
Freude. Jetzt laufen auch ihm die Tränen die Wangen
hinunter.
Der Klang ist fort. Es ist still um ihn herum, aber in seinem
Inneren toben die Bilder. Erste Bilder einer neuen Zukunft.
Er kommt zurück aus dem Traum. Sein Bewusstsein ist
wieder ganz da. Applaus. Diesmal echter. Nadine und ihre
Mutter stehen in einer der hinteren Reihen und klatschen.
Nadine lacht. Ihre Mutter klatscht... und weint.

Einen Monat später steht der Umzugswagen vor dem
Altenheim. Der Wagen ist nicht groß, doch so viel ist es ja
nicht, was Siggi Jörgen aus seinem Zimmer mitnehmen
muss. Der LKW ist bereits zur Hälfte gefüllt mit den
Sachen, die er bei seinen Kindern gelagert hatte, als er in
das Heim gezogen war. Er prüft noch den Inhalt seiner
Dokumententasche. Der Ausweis, einige Fotos aus der
Vergangenheit, die Kontoauszüge, die belegen, wieviel
ihm vom Verkauf des Hauses noch geblieben ist. Dann
steigt er zu Nadine ins Auto. Sie lächeln sich an.
»Mama wartet schon mit dem Kuchen.«
Siggi Jörgen kann sein Glück kaum fassen. Erleichtert
atmet er aus.

» Deine Mutter ist so wundervoll.«

Er denkt daran, wie der letzte Monat verlaufen ist. Die Schwertkessel hatte Nadine ja tatsächlich am Ende ihrer Probezeit rausgeworfen. Doch die junge Pflegerin hatte sich davon keineswegs einschüchtern lassen. Als Nadine ihn gegen 2 Uhr nachts am Heim absetzte, war die Polizei vor Ort. Sie befragten Nadine zur angeblichen 'Entführung des alten Herrn Jörgen', und ermahnten Sie, nicht erneut eine solche Aktion durchzuführen. Sowohl Fr. Eggert, als auch Fr. Schwertkessel feierten hier offenbar ihren Triumph. Dass aber auch Siegfried Jörgens Kinder an diesem unsäglichen Auftritt Anteil hatten, brachte für ihn das Fass zum Überlaufen. In den folgenden Wochen suchte er nach einer kleinen Wohnung. Etwaige Vermieter schienen kein Interesse an einem vermögenden Mieter zu haben, der eine Zeitlang in einer Seniorenresidenz wohnte. Doch das änderte nichts an seinem Entschluss. Er suchte weiter, bis schließlich Helene den Vorschlag machte, er könne ja auch bei Ihr und Nadine ins Haus ziehen. Das Piano ihres musikbegeisterten, aber leider vor zwei Jahren verstorbenen Ehemanns Leándros stünde dann nicht mehr so unbenutzt im Wohnzimmer.

»Was ist es denn für ein Kuchen?« fragt er.

»Sie hat Portokalopita gemacht.«

Siggi freut sich. Er liebt Helenes Orangenkuchen.

Angst

Celina wurde nachts wach. Sie hatte Durst. Logisch, nach der ganzen Tüte Chips, die Sie sich am Abend gegönnt hatte. Das Wasserglas stand auf dem Nachttisch bereit. Um trinken zu können, und sich dabei nicht zu verschlucken, richtete Sie sich im Dunkeln halb auf und griff danach. Es erstaunte Celina immer wieder, mit welcher Treffsicherheit Sie das Glas fand, ohne es umzuwerfen. Die Augen dabei zu öffnen war sogar eher hinderlich. In dem völlig abgedunkelten Raum hätte Sie ohnehin nichts sehen können. › Das macht die Übung‹, dachte Sie bei sich und erinnerte sich augenblicklich an die Einladung ihres Freundes.

Holger hatte Sie zum 'Dinner in the Dark' eingeladen. Das Essen sollte auf einem alten Bauernhof stattfinden. Er fand die Sache total spannend und hatte ihr, aufgeregt wie ein kleiner Junge, davon erzählt, welche unvorhergesehenen Dinge dabei passieren konnten.

Wirklich viel hielt Sie nicht von der Idee, sich mit Speisen und Getränken zu bekleckern. Und die Aussicht, nach dem Dinner möglicherweise noch hungrig zu sein, weil 50 Prozent des Essens auf dem Boden landete, behagte ihr genauso wenig. Andererseits wollte Sie ihm den Spaß nicht verderben und hatte sich zuversichtlich gegeben, diese Herausforderung locker meistern zu können.

» Du weißt ja nicht mal, was da auf deinem Teller liegt«, ließ er Sie grinsend wissen.

Doch Angst konnte er ihr nicht machen. Celina war total cool geblieben. Sie war der Meinung, es sei alles nur eine Frage trainierter Sinne. Selbst eine Heuschrecke könnte man ja an der Form erkennen. Holger und Sie hatten beinahe in einem Streit geendet, da in dem Wortgefecht keiner klein beigeben wollte.

Noch immer quälte Sie der Durst. Im Stockdusteren hob Sie ihr Glas an die Lippen und nahm einen großen Schluck.

Plötzlich fühlte Sie eine feine Bewegung zwischen ihren Brüsten. Ein kleines Kribbeln nur, das aufhörte, sobald Sie stillhielt.

Sicher war es nur eine Falte im Oberteil ihres Schlafanzugs, die ihre Haut berührte. Schließlich ist ja alles erklärbar...

Da war es wieder!

Celina hielt das Glas in der Hand und wagte nicht sich zu bewegen. Ihre Müdigkeit war verschwunden und obwohl Sie nichts sehen konnte, wartete Sie mit weit offenen Augen auf die nächste Bewegung. Unvermittelt schossen ihr Bilder von Kriechtieren, Käfern und Spinnen durch den Kopf. Es dauerte eine Weile, und langsam wurden ihre Lider wieder schwerer, aber da!...

Das war keine Falte! Das war etwas das krabbelte!

Sie versuchte flach zu atmen. Was immer auch da in ihrem Schlafanzug steckte, es konnte vielleicht stechen oder beißen. Sie fühlte die Panik aufkommen.

Was tun? Bewegen? Aufstehen? Ganz schlecht. Wer weiß, wo das Viech dann hin krabbelte. Der Lichtschalter ihrer Nachttischlampe war ohne Bewegung auch nicht zu erreichen.

Vor Verzweiflung atmete Sie einmal tief ein.

Da plötzlich fiel etwas Kleines weiter nach unten Richtung Bauch! Celina schrie kurz auf.

Als Sie zu zittern begann, traf Sie eine Entscheidung. Genau genommen zwei.

Erstens: Gleich morgen früh würde Sie das Dinner absagen. Einen Teufel würde Sie tun und im Dunkeln auf diesem Bauernhof essen! Nirgendwo gab es mehr Ungeziefer als auf einem Bauernhof!

Und zweitens: Sie durfte das Tier unter ihrem Schlafanzug nicht leben lassen! Sie musste es töten! Sofort!

In der Hoffnung, dass das Kriechtier keinen dicken Panzer besaß, presste Celina ihre freie Hand auf die Stelle an ihrem Bauch, wo Sie es gerade noch gespürt hatte.

Ekel überkam Sie bei dem Gedanken an die schleimigen Innereien, die sich nun auf ihrer Haut verteilen würden.

Ihre Nerven waren zum Bersten gespannt.

Endlich war Sie sich sicher, dass diesen Druck kein Ungeziefer überlebt haben konnte. Aber jetzt aufzustehen und nachzusehen, war ihr unmöglich. Die Spannung fiel von ihr ab. Die Gefahr war vorüber. Keine Bewegung mehr zu spüren.

Erschöpft stellte Sie das Wasserglas zurück auf den Nachttisch, und es kam ihr so vor, als hätte Sie es mindestens eine Stunde lang in der Hand gehalten. Sie legte sich zurück ins Kopfkissen und sank in einen traumreichen Schlaf.

Am Morgen fiel der Ohrstecker aus der Hose.

Geschlossene Kettenaktion

Aktion, Reaktion, Kettenreaktion... Was fehlt hier?
Richtig: die Kettenaktion! Was ist eine Kettenaktion wird man mich fragen.

Meine Antwort: eine Kettenaktion ist ein Impuls, der Aktionen hervorruft, die im Unterschied zur Kettenreaktion nichts mit der ursprünglichen Handlung zu tun haben.

Aktionen, die erfolgen, einfach, weil jemand animiert worden ist, aus einer Handlungsstarre heraus zu finden und selbst aktiv zu werden, ohne die erste Aktion fortzuführen oder daran anzuknüpfen.

Es wird aufgrund dieser Ursprungshandlung eigene Aktivität erzeugt, die sich thematisch mit ganz anderen Dingen beschäftigt. Das ist eine Kettenaktion.

Hoch wissenschaftlich ist dies möglicherweise auch nur eine Reaktion. Oder doch nicht?

Ein Mann sitzt am Klavier und schreibt ein Lied. Ein Nachbar, der unter starken Depressionen leidet, hört das Lied, das nebenan gesungen wird. Der Text ist hoffnungsvoll und animiert diesen depressiven Menschen, aus der Handlungsunfähigkeit heraus Ideen für eigene Aktionen zu entwickeln. Der komponiert jetzt nicht etwa eigene Lieder, findet aber die Kraft ein Buch zu schreiben.

Es wird ein Ladenhüter, der aber dennoch von zwei Menschen gelesen wird. Einer legt das Buch beiseite, macht den Fernseher an und vergisst es. Der Andere fühlt sich von dem Text angesprochen, da es von einem Thema handelt, mit dem auch er sich beschäftigt: Lethargie. Das Buch hilft ihm, hier und da vom Grübeln loszukommen und er geht eines morgens joggen.

Das tut ihm so gut, dass er bald darauf eine festgelegte Route hat, die am Haus einer alten Frau vorbeiführt, deren Mann vor einem Monat verstorben ist. Seit einem Monat fällt es ihr unendlich schwer einkaufen zu gehen und abends sitzt Sie vor dem ausgeschalteten Fernsehgerät und starrt auf den leeren Sessel gegenüber.

Jeden Tag um die gleiche Zeit steht Sie am Fenster und schaut auf die Straßenecke, um die ihr Mann immer von der Frühschicht kam. Irritierenderweise erscheint dort jetzt immer zur gleichen Zeit dieser Mann und rennt im Trainingsanzug an ihrem Haus vorbei. Ihr fällt der große Unterschied auf, der ihre beiden Existenzen trennt: Motivation steht Traurigkeit gegenüber, Jugend- Alter, Aktion- Passivität. Warum, denkt Sie, muss das so sein? Sind wir nicht beide nur Menschen?

Sie erkennt die geistige Gefangenschaft in der Sie lebt und überwindet die Trauer, indem Sie daran denkt, welche Träume Sie hatte, als Sie im Alter dieses Mannes gewesen ist, der gerade schon wieder aus ihrem Blickfeld verschwindet. Sie hat so gerne im Garten gearbeitet...

Drei Monate später hat Sie eine Parzelle eines Kleingartenvereins gemietet und blüht genauso auf, wie die Blumen, die Sie gepflanzt hat. Ihre neu gewonnene Ausstrahlung fällt der jungen Frau auf, die eine Parzelle weiter auf einem Gartenstuhl sitzt. Die junge Frau ist von Gartenarbeit so gar nicht begeistert, doch Sie fühlt sich von ihrem Job und den Kindern derart ausgelaugt, dass es ihr so vorkommt, als sei Sie bereits so alt, wie diese aktive, fröhliche, alte Dame eigentlich sein müsste.

Eigentlich sitzt Sie nur hier, um sich an die unbeschwerte Kindheit zu erinnern, die Sie im Garten des Großvaters verbracht hat. Doch diese kleine Alltagspause will nicht fruchten. Im Gegenteil.

Der einst schönste Garten des Vereins sieht jämmerlich aus. Der Großvater, der zeitlebens immer ein sportlicher Mann war, sitzt ihr nun ermattet am Tisch gegenüber und findet kaum noch die Energie mit seiner Enkelin zu reden. Doch Sie will ihm keine Vorwürfe machen, denn immerhin fehlt auch ihr die Energie für Vieles.

Was, denkt Sie, soll es im Leben noch Schönes geben, wenn man die Jugend hinter sich hat, die mittleren Jahre nur mit der Erledigung von Pflichten verbringt und im Alter nicht mehr die Kraft hat, etwas für sich selbst zu tun, außer vielleicht einen Tee zu trinken?

Lange sitzt Sie noch reglos in dem Stuhl. Doch ihr Geist arbeitet. Die Gedanken müssen reifen.

Die alte Dame ist schon zuhause und ihr Großvater hat sich schlafen gelegt. Dann steht Sie auf, fährt nach Hause, sieht ihre Kinder im Wohnzimmer vor dem Fernseher und anstatt ein ermahnendes Wort an sie zu richten, freut Sie sich darüber, dass ihr niemand widerspricht als Sie sagt, dass Sie noch mal weg muss. Sie geht nach oben, holt ihren alten Badeanzug aus dem Schrank, packt ein Handtuch ein und fährt ins Hallenbad. Noch ein oder zweimal kommt ihr der mulmige Gedanke, es könnte ihrem Mann nicht recht sein, dass er nun regelmäßig die Aufsichtspflicht hat, wenn Sie schwimmen geht. Doch Sie weiß, dass es richtig ist was Sie tut.

Sie spürt das Lächeln in ihrem Gesicht. Es hat sich unbemerkt breitgemacht.

Es ist ein Mann um die fünfunddreißig, der von einem Freund am Hallenbad vorbeigeschoben wird. Während der Freund damit kämpft, den Rollstuhl über den mit Split ausgelegten Weg zu schieben, fällt dem Mann ein Auto auf, das mit Schwung in eine Parklücke des Parkplatzes gesteuert wird.

Erstaunt darüber, dass ihm dieser Vorgang überhaupt auffällt, da er seit dem Unfall vor drei Jahren jeden Lebensmut verloren hat, sieht er eine Frau seines Alters aus dem Auto steigen. Mit einem Lächeln im Gesicht öffnet Sie den Kofferraum und holt eine Sporttasche heraus.

Vor dem Unfall war ihm der Sport das Liebste gewesen. Als Mitglied vier verschiedener Sportvereine war er ständig unterwegs auf Tennisplätzen, in Sporthallen, in Stadien und nicht zuletzt auch in diesem Hallenbad. Jetzt jedoch ist sein Leben vorbei und der Gedanke, dass ihm noch so viele Jahre der Existenz verbleiben ist eher schmerzlich als tröstlich.

Zunächst empfindet er Neid, doch er sieht, wie die Frau auf den Eingang des Bades zusteuert, und es ist etwas in ihrem Gang, das nicht ganz ins Bild passt... Sie scheint irgendwie euphorisch.

Plötzlich weiß er, dass diese Frau lange nicht mehr schwimmen war. Sie tut etwas, dass ihr fremd ist.

Fremdes tun? Der Gedanke, sich mit völlig unbekannten Dingen zu beschäftigen, kommt ihm auf einmal gar nicht mehr so abwegig vor. Es ist das erste Mal seit er denken kann, dass er sich nicht auf den Sport konzentriert. Doch was kann er tun? Ohne Beine...

Was gibt es außer Sport denn noch? Malen? Da hatte er noch nie Talent für. Schreiben? Naja, vielleicht ganz kleine Geschichten. Musik? Musik gehört hat er vor dem Unfall sehr gerne. Aber es soll ja eine Aktivität sein... also Musik machen. Leider kann er gar kein Instrument spielen und Notenlesen auch nicht. Aber genau das ist ja die Herausforderung!

Er bittet seinen Freund mit ihm in die Stadt zu fahren. Überrascht fragt dieser nach dem Grund für den plötzlichen Wunsch. Er sagt zu ihm, es sei Zeit, etwas völlig Neues anzufangen und er möchte gerne in ein Musikfachgeschäft.

Nach einem missglückten Versuch Gitarre zu spielen, sitzt der Mann nun täglich an seinem neuen Klavier. Sein Lehrer ist von seinen Fortschritten begeistert, und nun sitzt er am Klavier und versucht sich an der Komposition eines kleinen Liedes.

Den Text dafür hat er schon geschrieben. Es handelt von der Untätigkeit nach einem Schicksalsschlag... und wie man sie überwindet.

Abenteuer auf Halloween

Wir trafen uns im Corpus 1 Cluster. Der Planet war nichts Besonderes. Ein unscheinbarer Ball unter Vielen. Ein Übergangsort. Auf Halloween 4 gab es kaum weiterentwickelte Spezies

Die größte Ansiedlung auf dem einzigen Kontinent hatte nicht mal einen Namen, aber hier fand sich die zuverlässigste Beameinheit im Umkreis von drei Lichtjahren. Es war der beste und sicherste Weg, zum Jungle der Riesenpilze zu kommen.

Die Rathenuspilze, weiße Schaumpilze, die mit einer schokoladenbraunen Schicht überzogen sind, wuchsen nur dort. Ich musste meinen Vorrat auffüllen, um das einzige Mittel gegen den tödlichen Hautausschlag herstellen zu können, der auf meinem Heimatplaneten grassierte.

Das Wesen, das mich auf dem Weg dorthin begleiten wollte, hatte, wie der Ort an dem wir uns trafen, keinen eigenen Namen. Es nannte sich nur Zoryoug. Der Name seiner Spezies.

Die Zoryougs sind in vielen Galaxien weit verbreitet. Doch obwohl es so viele sind, fallen sie kaum auf. Im Wesentlichen liegt das an ihrer türkis schimmernden Haut, die je nach Lichteinfall durchsichtig bis wässrig erscheinen kann. Wenn man also ein Wesen sieht dem die Arme fehlen, oder eine Seite des Kopfes, dann ist es nicht vom Krieg geschädigt, sondern aller Wahrscheinlichkeit nach ein Zoryoug.

Für die Meisten wirken diese zwei Meter großen Kreaturen wie eine Fata Morgana: sie glauben, etwas gesehen zu haben, aber wirklich beschreiben können sie es nicht.

Im Gegensatz zu anderen arbeite ich gern mit Zoryougs.

Zwar verlangen sie meistens ein völlig überzogenes Honorar, aber sie sind verlässlich und anders als ihre Sprechweise vermuten lässt, auch wirklich nette Charaktere.

Ich betrat die Spelunke unterhalb des Eifelturmes. Keine Ahnung, woher der Turm diesen Namen hatte, aber es war ein sehr markantes Bauwerk mit hohem Wiedererkennungswert.

Der Gestank war kaum zu ertragen. Alkohol und das wozu es wurde, wenn es den Körper wieder verließ, brannten förmlich in der Nase.

Meine Augen hatten Mühe, sich an die Lichtverhältnisse zu gewöhnen. Ein großer Teil der Räumlichkeiten lag in absoluter Dunkelheit. Nur die Bar und ein Tisch links dahinter waren beleuchtet.

Mit größtmöglicher Achtsamkeit fuhr mein Blick an der einsamen Theke vorbei über den Tisch, an dem drei Garahner Karten spielten und wieder zurück zur Theke.

Nur eine Unregelmäßigkeit fiel mir auf. Die spiegelnde Rückwand der Theke zeigte eine zarte türkis schimmernde Körpersilhouette.

Als ich näherkam, wurde das Bild vollständiger.

»Zoryoug?«

Er änderte seine Position zum Licht und war nun ganz zu sehen. Er stand hinter der Bar und begrüßte mich mit einem sehr unfreundlich klingenden Fauchen.

»CCHRAAH.. Du bist der Mann, der zu den Riesenpilzen will?«

»Ja, der bin ich. Ich wusste nicht, dass du hier arbeitest.«

Er zischte mich an und sein Kopf hob sich, als er mir mit Stolz erklärte, dass es sich hier um seine eigene Spelunke handelte.

Ich nickte anerkennend.

»Ein wirklich nettes Etablissement. Etwas Musik fehlt vielleicht noch.«

»KSCHARRRR! Welche Musik?«

»Na, französische Chansons würden doch sehr gut passen.«
Er drehte sich um und seine Silhouette wanderte auf die andere Seite der Bar.

Kurz darauf schallte ›La vie en Rose‹ durch das dunkle Gemäuer.

»Danke.«

»TSSSRRRR.« Es klang außerordentlich unfreundlich.

Ich ließ mir ein Katekbier servieren.

Bevor ich das Glas mit der rosa Flüssigkeit ansetzte, fragte ich:»Die Reise wird bestimmt zwei Tage dauern. Wer führt denn so lange dein Geschäft?«

Ich bekam keine Antwort.

Naja, irgendwie doch.

Er fauchte in Richtung der Garahner, worauf zwei von ihnen die Karten niederlegten und aufstanden. Der Dritte hatte offensichtlich gerade eine Glückssträhne, die er sich nicht vermasseln lassen wollte. Sein Widerstand wurde mit ohrenbetäubendem Gebrüll aus Richtung der Theke quittiert.

Ich versuchte, das Klingeln in meinem Ohr los zu werden, während die Garahner mit Angst in den Augen die Spelunke verließen.

Zoryoug grinste mich an.

»Ferien.«

Ich hatte mich nicht getäuscht. Der Zoryoug hatte bereits genaue Pläne besorgt, die uns helfen sollten die Tabalone Berge zu überqueren. Doch zunächst mussten wir uns nach Corpus zwei beamen lassen.

Die Beam Station war überfüllt. Hunderte von Spezies tummelten sich in den weitläufigen Hallen.

Beniden, Garahner, Ioxaner, Menschen, Fleighter und Zoryougs drängelten sich aneinander vorbei, zogen Gepäck hinter sich her, blafften sich an oder fielen sich in die Arme, je nachdem, ob sie ankamen oder abflogen.

Die Beleuchtung war speziell für die Kontrolle aller Reisenden ausgelegt. Im Falle der Zoryougs gab es Scheinwerfer in Komplementärfarben, die ihr Türkis in voller Pracht leuchten ließen.

Ich bat Zoryoug vor zu gehen. Der blaugrüne Hüne ging mit seinem Flammenstab, den er wie einen überdimensionierten Spazierstock hin und her schwenkte durch die Menge und schuf eine freie Gasse. So konnte ich nahezu unbehelligt vom Geschubse den vorgesehenen Schalter erreichen.

Der Ioxaner dahinter hob seine von einem Ohr zum anderen reichende Augenbraue und wir legten unsere Identifikationschips auf den Scanner.

»Wohin?«

»Corpus 2 Cluster.«

Er machte eine wischende Handbewegung und wir nahmen unsere Unterarme von der Scaneinheit.

»One Way?«

"Nein. Hin und zurück," sagte ich, worauf Zoryoug mich erstaunt ansah.

»Ich bin halt Optimist,« lächelte ich.

Vielleicht war es verfrüht, das Geld für die Rückreise schon jetzt anzulegen. Man konnte mich vielleicht auch abergläubisch nennen, aber es gab mir irgendwie ein sicheres Gefühl, ein Rückreiseticket in der Tasche zu haben.

Der Beam war erstaunlich kurz. Tatsächlich hatte ich nach der Öffnung der Beamkammertür den Eindruck, dem Ioxaner sei ein Fehler unterlaufen.

Doch nachdem sich die letzten Synapsen wieder verbunden hatten, erkannte ich die einsame, kleine Beamstation am Anfang von Corpus 2 wieder.

Hier fing die Gebirgskette der Tabalone Berge an, die sich dadurch auszeichnete, dass alle Gipfel auf exakt gleicher Höhe lagen. Es war keine abgelegene Station, im Gegenteil. Viele kamen hierher. Nur gab es Wenige, die zurückreisen konnten.

Die Gebirgswanderung, die vor uns lag, war gefährlich.

Ein Benide sprach uns an.

»Wollt ihr über die Berge? Dann könnt ihr gute Zoraxdecken gebrauchen. Ich habe welche im Angebot.«

Beniden sind Händler. Die aufdringlichsten und teuersten der Galaxie.

Normalerweise trifft man sie dort an, wo sich Weltraumtouristen tummeln. Die Erfolgreichen unter ihnen haben Geschäfte an besonders schönen Orten. Dorthin werden ganze Shuttlebusse voll mit Touristen gelotst, denen dann gänzlich wirkungslose Pilztinkturen und überteuerte Zoraxdecken angedreht werden.

»Nein, danke.«

Zoraxwolle wärmt zwar sehr gut und ist extrem wasserabweisend, kratzt aber derart, dass man meinen könnte, jemand hätte Millionen kleiner Widerhaken darin eingebaut.

»HSCHAARRR! Ich nehme eine!«

»Weichei«, neckte ich ihn.

Zoryoug verstand den Scherz, versetzte mir einen kleinen Stupser mit dem Ellbogen, worauf ich drei Meter weit flog und meine Habseligkeiten vom Boden aufsammeln musste. Es kam wie es kommen musste. Der Benide verfolgte uns die nächsten zwei Stunden, bis wir den ersten Gipfel erreicht hatten, dann kehrte er um.

Zoryougs Gepäck hatte sich innerhalb dieser zwei Stunden verfünffacht und er hatte Mühe, all das Zeug, das er sich hatte aufschwatzen lassen, zu transportieren. Immer wieder fielen ihm Dinge herunter, deren Sinn und Zweck völlig im Dunkeln lagen.

»Hatte er keinen Sack, den er dir hätte verkaufen können«, fragte ich sarkastisch, darauf bedacht, nicht in Reichweite seiner Ellbogen zu gehen.

»CHERRRRAAAH!!«

Vermutlich hätte er mir gerne eine Abreibung verpasst, aber seine Arme waren zu bepackt.

Die Tabalone Berge sehen bei schönem Wetter recht unscheinbar aus. Das gleichmäßig dunkelbraune Gestein ist mit einzelnen, beigefarbenen Sandsteinen gespickt und es gibt nahezu keine Vegetation. Das liegt vor allem an den rasanten Wetterumschwüngen, die das sonnige Gute-Laune-Wetter innerhalb von fünf Minuten in einen Schneesturm mit minus zwanzig Grad verwandeln. Mitunter ist es schwer, mit dem Umziehen hinterher zu kommen.

Der vierte Gipfel war dann auch mit einer schneebedeckten Eisschicht überzogen, die es uns schwermachte, einen Fuß vor den anderen zu setzen.

Es war kein Vergnügen, bei dem eisigen Wind zu rasten, aber wir hegten die Hoffnung auf einen weiteren Wetterumschwung. Und tatsächlich schienen wir Glück zu haben. Der Wind nahm ab, die Sonne zeigte sich, wir hatten noch drei Gipfel vor uns und wollten keine Zeit verschwenden.

Trotz des Sonnenscheins lag noch immer Eis unter uns, was Zoryoug zu dem Vorschlag veranlasste, uns gegenseitig mit dem Flexiseil zu sichern, dass er von dem Beniden erstanden hatte.

Ich diskutierte kurz mit ihm darüber, ob es Sinn mache, jemanden mit einem Seil zu sichern, von dem man nicht wusste wie lang es sich im Ernstfall dehnen würde. Seine Ansicht darüber war jedoch eindeutig und so legte er mir mit kindischer Euphorie grinsend das Seil um die Taille.

Sollte er seinen Spaß haben.

Noch immer schien die Sonne und ich konnte fühlen, wie das Eis unter meinen Füssen schmolz, als es unter mir plötzlich einen Ruck tat.

Das Eis unter mir bekam einen Riss, durch den das Wasser verschwand, das zuvor in einer Pfütze darauf gelegen hatte. Zoryoug stiefelte ahnungslos an mir vorbei, während in mir das Adrenalin hochschoss.

»WARTE!«

...war das Letzte, was ich rufen konnte, bevor sich der Boden unter mir auftat und ich haltlos in die Tiefe fiel. Sicher würde ich ihn mitreißen.

Ich fiel, hörte den Zoryoug über mir schreien und schloss die Augen.

Gleich werde ich aufprallen und tot sein. Dieser Gedanke ging mir noch durch den Kopf.

In letzter Sekunde verspürte ich, wie das Flexiseil meinen Bauch wie einen nassen Lappen auszuwringen schien, doch mein Fall wurde noch immer nicht gestoppt.

Hart schlug ich mit dem Rücken auf und bekam keine Luft mehr. Um mich herum rauschte es, brodelte.

Wasser! Um mich herum war Wasser!

Endlich war es zu Ende mit der Flexibilität von Zoryougs Errungenschaft.

Katapultartig wurde ich nach oben gezogen, schoss aus dem Wasser wie ein Torpedo, um gleich danach wieder zu fallen.

Wieder tauchte ich kurz ins Wasser ein und pendelte endlich, nach einigem Auf und Ab in einer Höhle über einem rosafarbenen See.

Circa dreißig Meter über mir schwebte Zoryoug am anderen Ende des Seils. Er hielt sich an seinem Flammenstab fest, der quer über der Einsturzöffnung lag.

»FAKAAAAARRRH!!! ICH KANN UNS NICHT HALTEN!«

Die Öffnung verbreiterte sich, der Stab verlor den Halt und dann sah ich einen türkisfarbenen Klotz auf mich zurasen.

Tief tauchte ich ein und es war wie ein Donnern als auch der Zoryoug das Wasser erreicht hatte.

Als ich an die Oberfläche kam, war es still.

Schwimmend drehte ich mich und hielt Ausschau, versuchte mich zu orientieren.

Der See war groß. Es war kaum möglich, die Wände der Höhle auszumachen. Das Seil hatte sich von meinem Körper gelöst. Ich wusste also nicht, was mit meinem Begleiter passiert war. Hoffentlich hatte der Einsturz Zoryoug nicht das Leben gekostet.

Alles war ruhig.

Nur Zoryougs Gepäck trieb einsam auf dem rosafarbenen Wasser, das aussah wie Katekbier, aber definitiv nicht so schmeckte.

Ich hustete.

Neben mir kam die Wasseroberfläche in Bewegung. Doch meine einsetzende Freude trübte sich augenblicklich, als ich feststellte, dass es ein anderes Wesen war, das dort auftauchte und wieder verschwand.

Angsterfüllt begann ich zu schwimmen. Ich musste hier raus!

»HUWAAAARRRH! HIERHER!«

Der unfreundliche Ruf kam von rechts.

Da stand der triefende Zwei-Meter-Kerl am sicheren Ufer, während ich in einem unterirdischen See nach ihm Ausschau hielt und von einem unbekannten Tier bedroht wurde.

Ich schwamm Richtung Ufer, da tauchte das Vieh vor mir wieder auf.

Grüngelb glänzte die schuppige Haut dieser schlangenartigen Kreatur und tauchte wieder ab.

»KARRREESCHHH! SCHNELLER! DAS IST EIN ZITTER-AAL!!«

Scheiße.

Bei dem, was ich gesehen hatte, lag das Ausmaß des Tieres bei mindestens vier Metern.

Wenn das Tier Hunger hatte und den Strom einschaltete, würde ich im größten Kochtopf des Universums mein Ende finden.

In der Nähe des Ufers bot ich nochmal alle meine Kräfte auf, um so schnell wie möglich an Land zu kommen, doch von links sah ich den erschreckend großen, silbrig grün glänzenden Fischkopf auf mich zu schwimmen.

Ein flammender Blitz durchzuckte die Stelle, an der wir kollidierten.

Für einen kurzen Moment sah ich die Höhle hell erleuchtet, dachte noch, wie wunderschön es aussieht, dann fiel ich in Ohnmacht...oder in den Tod. Ich wusste es nicht.

Mir war furchtbar kalt, als ich wieder zu mir kam.

Zoryoug hatte mich ans Ufer gezogen. Seinen Flammenstab hatte er neben sich an die Höhlenwand gelehnt. Die Spitze, der mit in sich gedrehten, silbernen Metallfasern verzierten Waffe rauchte noch.

Der sechs Meter lange Zitteraal trieb leblos auf dem See.

Hilfsbereit legte er mir die Zoraxdecke um die Schultern und ich spürte sofort tausend Nadelstiche in meinem Nacken, aber auch die angenehme Wärme, die sogar durch die nasse Kleidung drang.

Vermutlich lag es an dem Adrenalin, dass noch immer in meiner Blutbahn schwamm, jedenfalls konnte ich nicht anders, als Zoryoug wütend anzuschreien.

»Verdammt, ich hätte sterben können! Warum hast du so lange gewartet?!«

Er legte mir seine unsichtbare Hand auf die Schulter und sprach außergewöhnlich fürsorglich.

»Schhhaarrh. Ich musste warten, bis ich den Kopf erwische, damit der Aal den Stromreflex nicht mehr auslösen kann.«

Er lächelte.

»Ich will hier sicher nicht alleine bleiben.«

Ich weiß nicht, ob er die Rührung in meinem Gesicht sehen konnte.

Nachdem ich mich aufgewärmt hatte, machten wir uns daran, einen Ausgang zu finden. Man konnte den See gänzlich umrunden, aber es fand sich keine Öffnung, durch die man ins Freie gelangen konnte.

Der Zufluss schien irgendwo unter Wasser zu liegen. Es gab lediglich einen schmalen Abfluss, wo das Wasser zwischen zwei großen Felsen kaskadenartig in die Tiefe stürzte.

Zwar passten unsere Körper gerade so durch den Spalt, aber es war nicht auszumachen, wohin dieser Weg führen würde.

Der Abstieg, bei dem wir uns zwischen den glatten Felswänden abstützten, war mühsam, und mehrfach drohte der Eine oder andere vom Wasser mitgerissen zu werden.

Nach etwa dreißig Höhenmetern wurde es flacher, aber es kamen weitere Rinnsale dazu, die die Wassermasse anschwellen ließen, so dass wir bald keine Wahl hatten.

Wir mussten in die Fluten springen und uns mitreißen lassen, in der Hoffnung, dass das Deckengewölbe hoch genug war, um jederzeit Luft holen zu können.

Zweimal wurde es verdammt eng und Zoryoug blieb hinter mir zwischen den Steinen hängen. Seine Körpermasse versperrte den Wasserfluten den Weg, weshalb sie sich hinter ihm auftürmten und ihm die Luft nahmen. Doch letztlich fand er eine Körperhaltung, die ihn durch die Öffnung flutschen ließ, wie ein Baby durch den Geburtskanal.

In der Dunkelheit konnte ich die Panik, die er verspüren musste, nur erahnen. Ich selbst passte gut durch das tunnelartige Gewölbe, zumal ich meine Tasche, in der sich auch meine Sporenmaske befand in dem See verloren hatte.

Endlich verbreiterte sich der Durchgang, bis uns schließlich ein grelles Licht blendete.

Der Ausgang.

Noch einmal stürzten wir mit den Fluten in die Tiefe. Es waren erträgliche zehn Meter, bis wir in einem Fluss landeten. Es war der Strom in die Freiheit.

Mit sachter Geschwindigkeit glitten wir dahin und bestaunten die reichhaltige Vegetation am Ufer.

Voller Staunen erkannte ich die ersten großen Pilze zwischen den Platanen. Wir hatten eine Abkürzung zum Dschungel der Riesenpilze gefunden.

»SCHOTAARRK!«

Zoryoug zeigte auf eine kleine Sandbank an der nächsten Flusskrümmung. Dort gingen wir an Land.

Es war lebensgefährlich gewesen und für den Rückweg eignete sich dieser Weg nicht, aber wir hatten uns einen Tag anstrengender Reise über die Berge gespart.

Wir machten einige Stunden Pause, entfachten ein Feuer und trockneten unsere Kleidung. Fürs Erste hatten wir genug davon, durchnässt zu sein und in Untiefen zu stürzen.

Die Erleichterung brachte einen tiefen Schlaf.

Früh bei Sonnenaufgang erwachten wir mit knurrenden Mägen. Der Proviant, der uns geblieben war, war von der Nässe zum Teil nicht mehr genießbar, aber inmitten dieser grünen Oase fanden sich viele Beeren und Zoryoug konnte einen wilden Leporiden erlegen, von dem allerdings nur noch die Hälfte übrig war, nachdem es von dem Flammenstab getroffen worden war.

Nach dieser Stärkung folgten wir dem Flussufer und standen kurz darauf inmitten der unterschiedlichsten Riesenpilze. Viele von ihnen waren giftig und ich warnte Zoryoug davor, solche zu berühren, die unter dem Hut gelbe Lamellen besitzen. Speziell dem grauen Dacheukarioten sollte man nicht zu nah kommen. Bei der geringsten Erschütterung fallen die an seinen Lamellen haftenden Giftsporen herab und verbreiten sich in Windeseile in einem Umkreis von hundert Metern, bevor sie die fruchtbare Erde erreichen.

Dann sah ich sie. Dicht an dicht standen in ein Meter fünfzig Höhe die schokoladenbraunen Dächer der Rathenuspilze. Ein ganzes Feld lag vor mir und meine Euphorie war unermesslich, als ich mein Messer zog, um mich an den weißen Stämmen zu schaffen zu machen.

Mehr als drei dieser Riesen würde ich nicht transportieren können. Meine Transportsäcke füllten sich und als ich fertig war, wollte ich Zoryoug zum Aufbruch auffordern.

Er war nicht zu sehen.

Ich ging zurück in die Richtung, aus der ich gekommen war und bemerkte sogleich das leichte gelbliche Flimmern in der Luft.

Giftsporen!

Mit zitternden Fingern band ich mir mein Halstuch fest um Mund und Nase. Es war ein Notbehelf, aber meine Sporenmaske war ja bei dem Einsturz verloren gegangen.

Ich wollte nach dem Zoryoug rufen, doch ich traute mich nicht, den Mund zu öffnen.

Unter einem grauen Riesenpilz fand ich ihn.

Alle blaugrüne Farbe war aus seinem Gesicht gewichen, er sah jämmerlich aus.

»Um Gottes Willen, was ist passiert? Ich hatte dich doch gewarnt, du...«

»Karrreeschhh. Ich bin gestolpert... das verdammte Seil...«

Unter Schmerzen wand er sich und seine Stimme wurde ein Flüstern.

Die Giftsporen zersetzten seine Eingeweide.

Tränen schossen mir in die Augen. Dieser Zoryoug hatte mein Leben gerettet und ich hatte keine Möglichkeit das Seine zu retten.

Ich zog ihn, soweit ich konnte, von dem Pilz weg, doch das half nicht mehr.

Er starb, und ich konnte nichts dagegen tun.

»Anneeerrr.«

Freund.

Ich hielt seine Hand und sprach zu ihm von ewiger Freundschaft, dann tat er seinen letzten Atemzug.

Es schmerzte mich sehr, einen Freund zu gewinnen, um ihn gleich darauf wieder zu verlieren.

Lange saß ich noch neben dem weißlichen Leichnam meines neuen Freundes und überlegte.

Ich konnte ihn weder zurückbringen, noch konnte ich ihn hier begraben. Es würde zu viele Sporen aufwirbeln.

Mir wurde schwindelig. Ich musste husten und alle Kraft verließ mich. Als ich zusammensackte, kam die Erkenntnis mit all ihrer Grausamkeit.

Auch ich würde den Weg zurück nicht beschreiten.

Jeder weiß wie es ist, aus einem traumreichen Schlaf gerissen zu werden. Ich schreckte hoch und mein Herz pochte. Es dauerte lange, bis meine Synapsen wieder eine funktionierende Einheit bildeten.

Meine Augen suchten nach Dingen, die ich gerade eben noch gesehen hatte.

Das Bett auf dem ich lag, war mir vertraut. Mein Blick wanderte zu dem kleinen Tisch rechts neben mir und ich erkannte die Pilze wieder.

Weiße Schaumpilze mit schokoladenbraunem Überzug.

Ich setzte mich auf und musste husten. Ich lebte noch!

Und ich hatte Durst. Ein Glas rosafarbenes Zatekbier stand auf dem Tisch und ich nahm einen Schluck.

Es schmeckte widerlich, weil warm.

»TSCHAAARRRH!«

»Zoryoug?!«

Mein Freund! Auch er hatte den Sporenbefall überlebt, was mir irgendwie surreal erschien, denn ich hatte ihn unter Schmerzen sterben sehen.

Er lag unweit von mir in einem zweiten Bett und sprach seine hart klingende Sprache, aber seltsamerweise konnte ich kein einziges Wort verstehen.

»KRRRAAAHH!«

Jetzt nahm mein Gedächtnis die Arbeit wieder auf und ich erinnerte mich.

Es war Halloween gewesen. Gestern.

Mein Bruder und ich waren bei Regen durch die Nachbarschaft gezogen, um Süßes zu sammeln.

Dafür hatte ich ein paar Taschen mitgenommen und nach und nach füllten sich diese mit unzähligen Bonbons, Schokopilzen, bunten Weingummiwürmern und einigen Riegeln Toblerone.

Obwohl mein Bruder der Ältere von uns beiden ist, hatte ich mit meinen zehn Jahren auf eine Verkleidung verzichtet. Er aber wollte unbedingt dieses türkisfarbene Alienkostüm haben und meine Eltern hatten es ihm noch vorgestern gekauft.

Sein Flammenstab lag neben dem Bett. Papa hatte den Ast aus dem Wald geholt und mit Alufolie umwickelt.

»TSCHCHRAAH!«

Die Erkenntnis, dass mein Freund nicht redete, sondern einfach nur schnarchte, machte mich irgendwie traurig. Andererseits lebte mein Bruder, obwohl wir uns bei der Sammelaktion wohl eine Erkältung eingefangen hatten.

Ich sah an mir herunter und begriff, dass Mama mich während der Nacht mit Omas Rheumadecke aus Schurwolle zugedeckt hatte.

Ich stand auf, nahm die Decke und legte sie meinem Bruder über, dem von den Süßigkeiten schlecht geworden war, und der noch immer sein blaugrünes Kostüm trug.

»KAAFSCHAARRH!«

»Nichts zu danken, mein Freund.«

Ich nahm noch einen Schokopilz aus der großen Glasschale, trank noch einen Schluck rosa Grapefruitlimonade und ging wieder ins Bett.

Bevor ich meine Augen schloss sah ich noch, wie gelblich flimmernder Staub durch das leicht geöffnete Fenster schwebte.

Die Madonna

Frank saß auf dem hölzernen Rand des Sandkastens und rieb sich die verdammten Tränen aus den Augen.

Mit seinen zwölf Jahren fand er sich eigentlich schon zu alt, um auf dem Spielplatz abzuhängen, aber irgendwie zog es ihn immer hierher, wenn er mal wieder Ärger mit seiner großen Schwester hatte.

Hier hatte er schöne Stunden mit seinem Vater verbracht, bevor der einfach weggezogen war. Sogar seine Schwester war oft dabei gewesen und sie hatten zusammen gespielt, waren die Rutsche runter gesaust, waren fasziniert gewesen von den eigenen Fußabdrücken, die sie beim Hüpfen im Sand hinterließen und hatten tiefe Löcher gegraben.

Frank hatte die Eltern oft streiten gehört. Eines Abends knallte die Tür, und am Morgen darauf sagte seine Mutter, sie drei würden ab heute allein zurechtkommen müssen. Der Vater sei gegangen, aber sie würden es schon schaffen, wenn sie zusammenhielten.

Doch als sein Vater nicht mehr da war, begann seine Schwester Nadine ihn zu triezen. In letzter Zeit schlug Sie ihn einfach, wenn die Mutter nicht hinsah. Heute hatte Sie ihn aus purer Schadenfreude an den Haaren durch den Flur gezogen.

Am liebsten würde er abhauen. Aber er wusste nicht wohin, und seine Mutter würde ihn sicher vermissen. Es gab nur einen Menschen dem er vertraute und zu dem er jederzeit gehen konnte.

Onkel Schirmer.

Er wohnte nebenan und hatte ihm schon oft bei den Hausaufgaben geholfen. Natürlich war es nicht sein richtiger Onkel. Er nannte ihn nur so, seit er ihn das erste Mal gesehen hatte.

Onkel Schirmer war sehr gebildet. Besonders mit Kunst und Handwerk kannte er sich aus.

Nur leider war er heute nicht da gewesen.

Der Spielplatz war verwaist. Scheinbar hatten sämtliche Familien aus der Nachbarschaft das Land verlassen. Eine einsame rote Schaufel steckte noch im Sand.

Wäre doch alles noch wie früher, dann könnte er sich durchgraben durch den Erdball und käme auf der anderen Seite raus. In Australien oder so.

Langsam stand er auf, griff nach der Schüppe, schaute sich kurz um und fing an zu schaufeln.

Der helle Spielsand war schnell beiseite geräumt und auch die festere Sandschicht darunter konnte er mühelos entfernen. Dann kam eine Schicht Gestein, aber die war nur etwa zwanzig Zentimeter tief.

Er grub und grub und da die lockere Erde von oben abzurutschen drohte, verbreiterte er die Mulde immer wieder bis sie schließlich den Rand des Sandkastens erreichte.

Noch immer war auf dem Spielplatz niemand anderes zu sehen.

Also grub er weiter.

Schließlich stand er schultertief in dem Loch, als langsam die Dämmerung einsetzte. Aber er wollte noch nicht aufhören. Bald fiel ihm auf, dass es sehr schwer werden würde aus der Vertiefung wieder herauszukommen. Um den Rand zu erreichen, musste er die Arme weit nach oben strecken.

Also wollte er nur noch ein oder zweimal mit der Schaufel zustechen, bevor er das Ganze beendete.

Die Schaufel stieß auf etwas Weiches. Ein Tier?

Wenn es ein Tier war, war es sicher tot. Oder gab es Tiere, die so tief in der Erde lebten?

Tatsächlich kam so etwas wie ein Fell zum Vorschein. Aber ein Tier war es nicht.

Das große Stück Fell war seitlich mit Lederriemen zu einem Paket verschnürt. Ein alter Mantel vielleicht.

Als er es freigelegt hatte, nahm er es, legte es oben am Rand seiner Grube ab und kletterte mühselig hinauf.

Von hier oben sah das Loch erschreckend tief aus.

Er schaute auf seinen Fund. Es war elektrisierend, nicht zu wissen, was darin steckte.

Vorsichtig entfernte er die verwitterten Lederriemen und klappte eine Hälfte des Fells zur Seite.

Was er darin fand, waren einige Seiten altes Papier und ein kleines Päckchen, das wie ein Ei aussah.

In dem groben Stoff den er abwickelte, schimmerte es golden.

Was war das? Es sah aus wie...

Eine kleine Hand! Die winzigen Finger eines Kleinkinds. Überzogen mit Gold.

An der Stelle, wo der Arm hätte sein müssen, war die Goldschicht unterbrochen. Frank konnte Holz darunter erkennen. Ein Spielzeug?

Er legte es beiseite und sah sich das Papier genauer an.

Es war wohl verdammt alt, ziemlich knitterig und sehr empfindlich, denn die Ecke an der er es hielt, brach direkt ab.

»Mist«, entfuhr es ihm.

Sachte legte er es ab und versuchte zu lesen, was darauf stand.

Die Schrift sah komisch aus. Er konnte nichts davon entziffern. Außerdem war es auch schon zu dunkel.

Also packte er das Paket sorgfältig wieder zusammen und ging nach Hause.

Vor der Wohnungstür fiel ihm ein, dass seine Mutter sicher schon auf ihn warten würde. Aber er hielt es für besser, ihr noch nichts von seinem Fund zu zeigen.

Nochmals knotete er die Lederschnüre auf, entnahm das goldene Händchen, verpackte den Rest wieder und klingelte bei Onkel Schirmer. Die Tür öffnete sich. Gott sei Dank, er war zuhause.

»Hallo Frank, Was machst du denn hier so spät?«

»Onkel Schirmer, ich brauche deine Hilfe. Kannst du dieses Paket für mich aufbewahren? Ich hol's dann morgen wieder ab, ok?«

»Natürlich kann ich das machen. Sagst du mir denn, was darin ist?«

»Weiß ich selber nicht genau, ich habe es nämlich gefunden.«

»Vielleicht hat es jemand verloren, Junge.«

Frank dachte nach. »Dann hat er´s wohl eher vergraben. Ich habe es auf dem Spielplatz ausgebuddelt. Ich habe ein riesiges Loch gegraben Aber ich bin spät dran. Können wir morgen drüber reden?«

»Gut. Dann geh' jetzt mal schnell nach Hause. Deine Mutter macht sich sicher Sorgen.«

»Bis morgen, Onkel Schirmer.«

»Bis morgen, Junge.«

Der alte Mann lächelte dem Jungen hinterher. Er erinnerte sich an seine eigene Kindheit, in der es für ihn nichts Schöneres gab, als ein eigenes kleines Geheimnis zu haben. Er verstand, was für eine Sensation dieses Paket für den Jungen darstellte, und wenn er es sich so ansah, die angegriffenen Lederschnüre und das Rinderfell, dann kam auch in Onkel Schirmer eine gewisse Neugier auf.

Dennoch würde er das Päckchen ohne Einverständnis des Jungen nicht öffnen, denn er wusste, dass Frank das als Vertrauensbruch sehen würde.

Frank konnte nicht schlafen. Das lag aber nicht an der Musik, die nebenan im Zimmer seiner Schwester lief.

Er war ungeduldig, denn er war sich sicher, dass Onkel Schirmer ihm sagen konnte, was auf dem Papier geschrieben stand. Am liebsten wäre er jetzt noch zu ihm rüber gegangen, aber seine Mutter hatte ihn nach einer anstrengenden Standpauke sofort ins Bett geschickt.

Mit der kleinen Leselampe unter der Bettdecke betrachtete er die kleine Hand.

Wie sieht wohl der Rest der Figur aus? Ist der auch in Gold gewickelt? Und ist der auch auf dem Spielplatz vergraben? Diese Fragen beschäftigten ihn, bis er schließlich vor Erschöpfung einschlief.

Die Schulstunden des nächsten Tages zogen sich wie Kaugummi. Doch allein der Gedanke daran, dass er einen Schatz bei sich trug, machte den Tag spannend. Die Tatsache, dass seine Klassenkameraden nichts davon ahnten, gab ihm ein Hochgefühl und offenbar zeigte sich das in seiner Mimik, den sein Sitznachbar Thomas fragte ihn, warum er denn schon den ganzen Tag so grinsen würde.

»Och, das ist nur, weil meine Mama heute mein Lieblingsessen kocht.«

Etwas Besseres war ihm in dem Moment nicht eingefallen.

Nach Schulschluss saß er ungeduldig am Esstisch. Nadine nannte ihn Looser und der Rüffel, den Sie von der Mutter dafür bekam, störte Sie wenig.

Endlich konnte er hinüber zu Onkel Schirmer. Frank liebte seine Wohnung, die vollstand mit Büchern und Kunstwerken. Auch kannte er eine Menge wichtiger Leute. Aber am liebsten lauschte er den Erzählungen des alten Mannes, die viel mit Kunst und Geschichte zu tun hatten. Komischerweise klang das bei ihm immer viel interessanter als in der Schule. Man konnte meinen, Die Geschehnisse von damals seien erst gestern passiert.

»Hallo Junge, komm herein. Ich habe uns schon mal einen Apfelsaft hingestellt.«

Freudig erregt lief Frank ins Wohnzimmer und fläzte sich auf einen der zwei großen, ledernen Sessel, die vor dem hohen Bücherregal standen.

»Hast aber nicht reingeguckt, oder?«

Der alte Mann musste grinsen. Und mit gespielter Entrüstung sagte er: »Vertraust du mir etwa nicht? Natürlich habe ich *nicht* hineingesehen.«

Frank wollte Onkel Schirmer natürlich nicht beleidigen und dachte angestrengt über eine angemessene Entschuldigung nach.

»Es tut mir leid. Natürlich hast du mein vollstes Vertrauen. Und ich bin dir dankbar dafür, dass du mein Geheimnis bewahrt hast.«

»Na also, meinte Onkel Schirmer. Was du gerade gesagt hast, ist für einen Jungen in deinem Alter schon sehr eloquent, junger Mann.«

»Elo.... WAS?«

»Eloquent. Naja, das bedeutet, dass du dich sprachlich sehr gebildet ausgedrückt hast.«

Das ging runter wie Öl. Frank grinste.

Er griff nach dem flachen Fellbündel, das auf dem dunkelbraunen Tisch lag, der zwischen den Sesseln stand und öffnete es.

Langsam drehte er die drei beschriebenen Blätter so, dass der alte Mann sie sich ansehen konnte.

Onkel Schirmer machte große Augen.

»Und, was sagst du dazu? Weißt du, was da steht?«

Frank schaute ihn erwartungsvoll an.

Der ehemalige Oberschullehrer nahm das oberste Blatt und warf ein genaues Auge auf die ersten Zeilen.

»Nun, offenbar ist das hier ein sehr alter Brief, denn bei der Schrift handelt es sich um Sütterlin.«

Frank sah ihn fragend an, denn das Wort hatte er noch nie gehört.

»Sütterlin ist eine alte Schreibschrift, wie sie in der ersten Hälfte des zwanzigsten Jahrhunderts, also zwischen 1900 und 1950 in deutschen Schulen unterrichtet wurde. Sie geht auf den Berliner Grafiker Ludwig Sütterlin zurück Viele alte Urkunden sind in Sütterlin verfasst, und deine Urgroßeltern haben in dieser Schrift vermutlich ihre Liebesbriefe geschrieben. Sieh'mal, das hier ist ganz typisch für diese Handschrift. Das 'e' sieht immer wie ein 'n' aus."

Frank warf einen Blick auf das angezeigte Wort und war noch immer nicht schlauer.

»Oje, kannst du mir das vorlesen?«

»Naja, jede Handschrift sieht anders aus, weißt du. Auch ich brauche einige Zeit, um die Worte zu entziffern. Aber wie es scheint, hat ein Karl Nikolaus Groß über eine heilige Reliquie aus dem Kirchschatz zu Essen geschrieben.»

»Es hat also mit Religion zu tun?«

»Genau genommen geht es um die goldene Madonna des Essener Doms. Karl hat 1944 wohl einen Teil der Figur gefunden und wollte das Fundstück in Sicherheit bringen, hatte aber offensichtlich Befürchtungen, von nationalsozialistischen Schergen verhaftet zu werden. Er schreibt:

"In Trümmern fand ich die Hand Christi, doch war das Fereinigen der heiligen Statue mir nicht möglich, denn gutenteils ist der Schatz versteckt."

Onkel Schirmer sah Frank über den Rand seiner Brille hinweg an.

»Soweit ich weiß, ist die Statue zu dem Zeitpunkt in einer anderen Stadt verwahrt worden. Ich meine es sei Warstein gewesen, oder Siegen. Da bin ich mir nicht ganz sicher. Nun, sehen wir, was er weiterschreibt.«

"Wie ich gehört habe, schickte ein vermaledeiter Obrist Häscher aus, mich dingfest zu machen. So wickele ich das Kleinod in Linnen, um es for fiesen Fingern zu schützen. Möge der Finder von Ehren sein und des Bistums Schätze einen."

Eine Minute herrschte Schweigen. Dann nahm Onkel Schirmer seine Brille ab und sah Frank aufmerksam an.

»Junge, was du da gefunden hast, ist ein beachtliches Stück Stadtgeschichte. Zwar müsste noch geprüft werden, wer Karl Nikolaus Groß war und ob dieser Brief authentisch ist, aber ich denke diese Papiere wären etwas für das Essener Stadtarchiv.«

»Also ist es wertvoll, ja?«

Frank rutschte aufgeregt auf dem Sessel hin und her.

Onkel Schirmer beschwichtigte: »Der Brief ist sicher hochinteressant, aber wertvoll wäre er nur dann, wenn das Originalstück der goldenen Madonna dabei wäre.«

Frank biss sich auf die Zunge. Noch wollte er nicht verraten, dass das Paket vollständig gewesen war.

Onkel Schirmer ging zum Regal und entnahm ein dickes Buch, schlug den Index auf, blätterte etwas und zeigte Frank die Abbildung darin.

»Sieh mal, ich wusste, dass ich es irgendwo habe. So sieht die Madonna aus.«

Frank betrachtete die mit Gold beschlagene Maria, die das Christuskind in ihren Armen hielt.

Dem Jungen fiel sofort etwas auf. »Aber das Kind hat doch beide Hände!«

Onkel Schirmer nahm einen Schluck von seinem Apfelsaft den er, natürlich ohne Wissen seines jungen Freundes, immer mit einem Quäntchen Rum versetzte. Dann erklärte er ihm geduldig, dass die Madonna natürlich schon mehrfach restauriert wurde, und dass die kleine Hand schon vor langer Zeit ersetzt worden war, durch eine aus gegossenem Silber.

»Das ist schon im 16. Jahrhundert passiert. Entsprechend gering ist die Hoffnung, dass die Originalhand aus Holz überhaupt noch existiert.«

Frank wurde kleinlaut: »Doch, tut Sie...«

In Onkel Schirmers Gesicht war abzulesen, wie sich diese Worte setzten. Das Lächeln verschwand, der Mund ging auf und seine Augen wurden groß.

»Wie bitte?«

»Die Hand... war auch in dem Paket.«

Der alte Mann begann schwer zu atmen.

Dass die goldene Hand Christi für immer verschollen sei, war ein Trugschluss!

Der Gedanke setzte sich nur langsam, aber die Erkenntnis kam mit umso größerer Wucht.

»Mein Gott, Junge, hast du Sie denn noch?«

»Klar, Sie ist in meinem Tornister.«

Während Onkel Schirmer kopfschüttelnd im Sessel saß, und versuchte sich zu beruhigen, lief Frank rüber, um das kleine Stoffei zu holen.

Er rannte in sein Zimmer, kramte in seinem Schulranzen und ein Adrenalinstoß durchfuhr ihn, als er feststellte, dass es weg war.

Er dachte angestrengt nach, wo in der Schule er es hätte liegen lassen. Aber er war sich sicher, das Ei niemals aus dem Tornister genommen zu haben. Hatte es ihm jemand gestohlen?

Er hatte Tränen in den Augen, als er aus seinem Zimmer kam. Er würde Onkel Schirmer erzählen müssen, dass er es verloren hatte. Sicher war er dann schwer enttäuscht von ihm.

Im Flur sprach ihn Nadine von der Seite an.

»Na, **Looser,** hast wiedermal was verloren, wie?«

Mit einem hämischen Grinsen schwenkte Sie einen langen grauen Stofffetzen zwischen den Fingern hin und her.

Das war das Stück Leinen! Aber wo war der Inhalt?

»Du dumme Kuh!«

Voller Wut rannte er auf seine Schwester zu und versuchte, ihr den Stoff zu entreißen.

Sie lachte auf und stieß ihn beiseite.

»Keine Chance, du Pimpf. Mein kleiner Bruder spielt mit Puppen. Wie peinlich!«

Frank rappelte sich auf. Er zitterte vor Aufregung.

»Wo ist die Hand!«

Nadine schaute auf ihn herab.

»Hab' ich weggeschmissen. Das angemalte Ding ist schließlich nur Müll.«

»Wo! Wohin hast du's geschmissen?« Er war verzweifelt.

»Lass' mich überlegen...« Nadine bekam einen mitleidigen Gesichtsausdruck; »Hab' ich vergessen.«

Frank versuchte noch einmal an Nadine vorbei in ihr Zimmer zu gelangen, aber sie schubste ihn erneut zur Seite, worauf er weinend aus der Wohnung hastete.

Onkel Schirmer dachte nach.

Er würde jemanden zu Rate ziehen müssen, der sich mit der Materie auskannte. Es braucht einen wissenschaftlich fundierten Nachweis, ob das Fundstück authentisch ist, dachte er. Ihm fiel ein alter Studienfreund ein, der ebenfalls Kunstgeschichte studiert hatte, später dann als Restaurator arbeitete und es sich nun in seinem Altersruhesitz am Bodensee gemütlich machte.

Irgendwo musste die Telefonnummer von Dietmar noch sein.

Als der alte Mann den Hörer auflegte, war er zufrieden. Dietmar war sofort zu sprechen gewesen und hatte auch direkt Interesse bekundet. Letztendlich hatte er sich sogar bereit erklärt, für zwei Tage nach Essen zu kommen, um sich das Fundstück anzusehen.

Erst jetzt fiel Onkel Schirmer auf, wie lange er mit seinem alten Freund gesprochen hatte. Zwei Stunden waren fast vergangen, seitdem Frank losgelaufen war, um die goldene Hand zu holen.

Da es draußen mittlerweile dunkel war, machte er sich Sorgen um den Jungen. Deshalb zog er sich die braunen Lederslipper an und klingelte an der Wohnungstür der Nachbarin.

Nach nur wenigen Sekunden wurde die Tür aufgerissen, und Franks Mutter schaute ihn aufgelöst an.

»Ach, Sie sind es, Herr Schirmer. Sagen Sie, ist Frank drüben bei Ihnen?«

»Nein, er war vor zwei Stunden bei mir und wollte nach Hause, um etwas zu holen. Ich habe gedacht, er sei hier.«

Franks Mutter wurde noch nervöser.

»Ich habe gedacht, er ist in seinem Zimmer. Dann wollte ich ihn zum Essen holen, aber er ist nicht da. Ich habe schon bei seinem Schulkameraden Thomas angerufen, aber der weiß auch nicht, wo er steckt.«

Herr Schirmer versuchte, die Nachbarin zu beruhigen, denn es schien, als wolle Sie in Tränen ausbrechen.

»Na, kommen Sie.«

Er legte ihr die Hand an die Schulter und ging mit ihr in die Küche.

»Jetzt setzen wir uns erst mal und überlegen gemeinsam, wo er sein könnte. Ihr Junge ist ein aufgewecktes Kerlchen, da wird schon nichts passiert sein. Und wenn er in einer halben Stunde nicht da ist, rufen wir die Polizei an, gut?«

Die ruhige einfühlsame Stimme des alten Herrn ließ Franks Mutter tief durchatmen.

»Gut. Aber mir fällt kein Ort ein, an dem er noch sein könnte.«

In dem Moment hörten sie, wie im Flur die Tür aufging. Sofort sprangen beide auf, doch es war Nadine, die in die Küche kam und ihre Tasche achtlos in die Ecke pfefferte.

»Was gibt's zu essen?«

Ihre Mutter ignorierte die Frage.

»Nadine, weißt du, wo Frank ist?«

»Nee, wieso? Interessiert mich auch nicht.«

Jetzt brach die Mutter endgültig in Tränen aus. Herr Schirmer machte einen weiteren Versuch zu Trösten. Nadine rollte nur mit den Augen und verschwand in ihrem Zimmer.

Er traute sich nicht, Onkel Schirmer unter die Augen zu treten. Zwar war der immer nett und mitfühlend zu ihm gewesen, aber Frank hatte Angst, diese Freundschaft zu verlieren, wenn er ihm den Verlust gestand. Schließlich war das eine große Sache. Was also sollte er ihm erzählen?

Er starrte in das tiefe Loch auf dem Spielplatz, das er genauso vorfand, wie er es gestern verlassen hatte. Die rote Schüppe lag auf dem großen Sandhaufen daneben. Er nahm Sie in die Hand und begann zu schaufeln.

Und wieder brach die Dämmerung an...

Noch in der Nacht ging in der Polizeidienststelle an der Gerlingstrasse ein Notruf ein, dass ein zwölfjähriger Junge vermisst wurde.

Früh am Morgen saßen dann zwei Beamte mit der Mutter und Herrn Schirmer in der Küche und sammelten Informationen. Polizeiobermeister Gernoth legte seine vom Regen durchnässte Uniformmütze auf den Tisch und begann mit der Befragung.

Wann sei der Junge zuletzt gesehen worden? Wer hatte ihn zuletzt gesehen? Welche Kleidung trug er zu dem Zeitpunkt? Bei welchen Freunden oder Bekannten er sich aufhalten könnte, ob es ein neueres Foto gäbe und wo der Vater des Jungen sei.

Die Mutter berichtete, der Vater habe nach einem Streit die Familie verlassen und nach Ihrem Wissen lebe dieser mittlerweile kurz hinter der niederländischen Grenze.

»Ihre Tochter müssten wir auch dazu befragen«, erklärte der Polizeiobermeister, worauf die Mutter mit ihm an Nadines Zimmertür klopfte.

»Nadine, die Polizei will dich etwas fragen«, rief die Mutter durch die verschlossene Tür.

»Is' mir egal! Die sollen abhauen!«

POM Gernoth verließ die Geduld.

»Sie machen jetzt mal sofort die Tür auf, junge Dame. Ansonsten sind wir gezwungen, sie aufzubrechen.«

Der Beamte zwinkerte der Mutter zu, die ihn erschrocken anstarrte.

Die Drohung wirkte. Widerwillig ließ Nadine die Beamten herein.

»Wann hast du deinen Bruder das letzte Mal gesehen?«, fragte der Polizist.

»Irgendwann gestern.« erwiderte Sie genervt.

»Geht das noch etwas genauer?«

Der strenge Blick des Mannes in Uniform schüchterte Nadine doch etwas ein.

»So um sechs rum... er war in seinem Zimmer, hat wohl was gesucht und ist dann gleich wieder abgehauen...«

Die Antwort stellte POM Gernoth keineswegs zufrieden.

»Hast du mit ihm gesprochen?«

Unvermittelt rastete Nadine aus.

»NEIN! Will ich auch gar nicht! Warum sollte ich mit dem kleinen Blödmann sprechen?!«

Das war der Mutter zu viel. Unter Tränen schrie Sie ihre Tochter an.

»Dein Bruder wird vermisst! Ist dir das völlig egal?! Wie kann man nur so egoistisch sein?!«

»Ich bin egoistisch?! Mich würde doch auch keiner vermissen! Papa vermisst mich ja auch nicht! Und dass er weg ist, daran ist sowieso nur Frank schuld!«

Mit diesen Worten schnappte sich Nadine ihre Tasche und rannte an den Erwachsenen vorbei aus der Wohnung.

»Er hat nach der Hand Christi gesucht«, flüsterte Herr Schirmer in sich hinein.

POM Gernoth sah sich zu ihm um.

»Wonach hat er gesucht?«

Herr Schirmer erzählte von dem Fund, den der Junge auf dem Spielplatz gemacht hatte, und die Beamten leiteten den Großeinsatz ein. Sollte das Fundstück tatsächlich wertvoll sein und der Junge hätte noch jemand anderem davon erzählt, dann ging es hier vielleicht sogar um Entführung.

Zunächst suchte eine Hundertschaft die nähere Umgebung ab. Auch der nahegelegene Spielplatz wurde kontrolliert, aber dort war nichts Ungewöhnliches zu entdecken.

Mithilfe des Fotos wurde eine Zeitungsanzeige geschaltet und in der gesamten Essener Innenstadt wurden Passanten befragt, doch der Junge blieb verschwunden.

Ein Amtshilfeersuchen wurde an die niederländische Polizei gerichtet, die zwei Beamte zum Wohnort des Vaters schickte.

Der Vater war tief schockiert. Die Beamten hatten gehofft, den Jungen bei ihm zu finden. Aber er musste gestehen, den Kontakt zu seinen Kindern auf Wunsch der Mutter gänzlich abgebrochen zu haben.

Dass Frank seine Adresse in Holland kannte, war mehr als unwahrscheinlich, weshalb er nach der Befragung in Begleitung eines Beamten in Zivil ins Ruhrgebiet zurückkam.

Nun waren sie in der Küche versammelt: der Vater, die Mutter, drei Polizisten (zwei deutsche und ein niederländischer) und Herr Schirmer, der sich nicht getraut hatte, die verzweifelte Mutter allein zu lassen.

Der Vater setzte sich zu ihr und nahm ihre Hand.

»Was ist denn passiert, dass er weggelaufen ist? Und wo ist Nadine?«

Die Mutter rechnete mit Vorwürfen und vermied es, ihn anzusehen.

»Ich weiß es nicht...«

Sie stockte, denn vor lauter Tränen hatte Sie einen Kloss im Hals. Also versuchte Herr Schirmer zu erklären: »Nadine gibt wohl Frank die Schuld dafür, dass Sie die Familie verlassen haben. Sie hat sich mit ihrer Mutter gestritten und ist dann weggelaufen.«

Der Vater atmete tief ein und schaute an die Decke.

»Lieber Himmel, jetzt sind also beide Kinder verschwunden, sagte er. Ich hätte niemals wegziehen sollen.«

Erneut schüttelte die Mutter ein Weinkrampf.

»Es tut mir leid. Ich habe gedacht, ich schaffe es allein. Aber es geht nicht...«

Der Vater nahm Sie in den Arm.

»Wir werden sie schon finden«, hoffte er.

Die Polizisten tauschten Informationen aus und schickten sich an, zurück auf die Wache zu fahren.

Der Vater versicherte, vor Ort zu bleiben, bis der Junge gefunden war, also schloss sich der holländische Beamte seinen Kollegen an. POM Gernoth war sehr erfreut, denn er machte schon seit seiner Kindheit regelmäßig Urlaub in dem Nachbarland. Nun konnte er sogar beruflich seine Sprachkenntnisse einsetzen.

Jetzt, da der Vater da war, ging Herr Schirmer zurück in seine Wohnung. Er fand eine Nachricht auf dem Anrufbeantworter vor.

»Hallo Willi. Hier Dietmar. Ich bin jetzt unterwegs und müsste dann so in circa sechs Stunden bei dir sein. Kannst schon mal ein Gläschen Rum eingießen... bis dann.«

Nadine fror. Dieser scheiß Regen! Viereinhalb Stunden wartete Sie nun schon darauf, dass die Bullen abhauten. Dann hielt ein Wagen mit gelbem Kennzeichen vor dem Haus. Als Sie sah, dass ihr Vater aus dem Auto ausstieg, wäre Sie am liebsten zu ihm gerannt...

 Aber was würde er sagen, wenn er erfuhr, dass Frank ihretwegen weggelaufen war. Sie fragte sich, wo der kleine Blödmann wohl steckte. Von ihren strähnigen Haaren tropfte es. Ihre Tasche fest unter den Arm geklemmt, drängte Sie sich noch weiter in den Eingang zur Tiefgarage, die dem Haus gegenüber lag.

»Scheiße, ist das kalt!«

 Endlich stiegen die Beamten in den Streifenwagen und machten sich vom Acker.

Einige Minuten noch stand Nadine im Regen, bis ihr Geist aufgab.

»Ok. Ich muss wieder rein«, sagte Sie zu sich und ging über die Straße ins Haus.

Die Mutter kochte Kaffee, als Nadine die Tür aufschloss.

Der Vater sprang auf, und als seine Tochter durchnässt und frierend vor ihm stand, durchfluteten ihn Gefühle von Mitleid und Schuld. Er griff Sie an den Schultern.

»Nadine! Wo bist du nur gewesen?«

Nadine weinte in den Armen ihres Vaters und spürte, wie ihre Mutter ihr die Hand auf die Schulter legte. Sie hielt ihr ein trockenes Handtuch hin.

»Komm' Schatz, zieh' dir erst mal was Warmes an.«

Eine halbe Stunde darauf saß Nadine mit ihren Eltern und einer großen Tasse heißem Kakao im Wohnzimmer. Einerseits plagte Sie das schlechte Gewissen, am Verschwinden ihres Bruders schuld zu sein, andererseits genoss Sie es, nach langer Zeit endlich wieder die volle Aufmerksamkeit ihrer Eltern zu haben.

»Und du weißt wirklich nicht, wo er ist«, fragte Sie der Vater.

»Nein«, sagte Sie leise. »Ich hab' keine Ahnung. Ich weiß nur, dass er das hier gesucht hat.«

Sie stand auf, holte ihre Tasche aus der Küche und griff hinein. Bedingungslos übergab Sie ihrem Vater den kleinen goldenen Gegenstand.

»Ich habe es ihm aus seinem Tornister genommen.«

Traurig schaute Sie zu Boden und erwartete eine saftige Rüge, doch die Mutter fragte Sie nur: »Warum hast du das gemacht?«

»Eigentlich wollte ich ihm nur seine Stifte klauen, damit er in der Schule dumm dasteht, aber dann hab' ich die Hand in der Tasche gefunden und hab' sie behalten. Ich hab' Frank gesagt, ich hätte sie in den Müll geworfen. Wollte ich auch erst. Ist ja auch nur so' n Stück von irgendeiner Puppe, aber als ich sie mir so angesehen hab', fand ich, dass sie aussah wie meine Hand... ich meine früher, als Papa meine Hand genommen hat, wenn wir zum Spielplatz gelaufen sind.«

Die Eltern schauten sich an.

»Oh Gott, wir haben alles falschgemacht«, sagte der Vater und ihm wurde schlagartig bewusst, welch ein einschneidendes Erlebnis es für seine Kinder gewesen sein musste, dass er weggegangen war.

An Herrn Schirmers Wohnungstür klingelte es.

»Dietmar, alter Freund! Komm' rein!«

»Hallo Willi, na, wie läuft es denn bei dir?«

Noch im Gehen erzählte Herr Schirmer vom Verschwinden des Jungen. Dietmar Herland, selbst Vater zweier Söhne, war bestürzt.

»Gibt es denn schon etwas Neues?«

»Leider nein. Es weiß auch niemand, wo sich die Hand Christi befindet. Er wollte sie ja nur holen und...«.

Wieder klingelte es an der Tür.

Nadine stand vor ihm. Hinter ihr erkannte er ihre Eltern. Wortlos hielt Sie ihm die Hand hin.

Überrascht nahm Herr Schirmer das Goldstück an sich und fragte voller Hoffnung:»Ist Frank wieder da?«

Die Mutter trat vor.

»Nein, noch nicht. Aber Nadine hat das Ding gehabt, und wir dachten, Sie wüssten am ehesten, was damit zu tun ist.«

»Ach kommen Sie doch kurz rein. Ich habe einen Freund zu Besuch, der ein Experte auf dem Gebiet ist.«

Die Mutter wollte schon ablehnen, denn Sie wollte in der Nähe des Telefons bleiben, falls die Polizei anrufen würde. Doch der Vater sagte sofort ja. Ihm war es wichtig, zu verstehen, was es mit diesem Fund seines Sohnes auf sich hatte, und die Polizei hatte ja nicht nur die Festnetznummer.

Nachdem sich alle vorgestellt hatten, fiel Herrn Schirmer auf, dass er gar nicht genügend Sitzplätze zur Verfügung hatte. Er bot den Eltern die beiden Sessel an und holte für seinen Freund den alten Holzstuhl aus der Küche.

Dietmar Herland betrachtete feinfühlig die kleine Hand und die Anwesenden lauschten seinen Ausführungen.

»...ob der Kern aus Pappel- oder Lindenholz besteht, muss eine Laboranalyse zeigen.

Der Beschlag mit Goldblech ist hauchdünn und hat auch etwas gelitten, aber alles in allem ist das Fundstück erstaunlich gut erhalten, was vermutlich an der Tiefe gelegen hat, in der es vergraben war.«

Die Mutter wurde ungeduldig.

»Entschuldigen Sie. Das ist ja sehr interessant, aber das hilft uns doch alles nicht, Frank wiederzufinden.«

Herr Schirmer überlegte.

»Nun ja, sehen Sie, ihm war dieser Fund sehr wichtig. Er hat ganz aufmerksam zugehört, als ich ihm von der goldenen Madonna im Dom erzählt habe...«

Die Worte klangen durch den Raum und Dietmar Herland sprach aus, was allen auf der Zunge lag.

»Na, vielleicht ist er ja dorthin gegangen. in den Essener Dom!«

Es roch nach altem Gestein. Ein bisschen wie in einer Höhle. Die Dunkelheit in dem hohen Bau war beängstigend, aber er wollte die Madonna sehen!

Nachdem er sich versteckt hatte, bis alle Menschen die Kirche verlassen hatten, schaute er sich um.

Von dem mächtigen, großen Leuchter mit den sieben Kerzen ging er auf den Hauptaltar zu.

Wie unheimlich wäre es, wenn jetzt jemand die Orgel spielte!

Hinter einer der runden Säulen kam Sie zum Vorschein. Die Statue stand in einem abgetrennten Raum unterhalb der großen Orgel und war durch die Gitterstäbe gut zu erkennen. Der gelbe Glanz des Goldes war berauschend. Stundenlang starrte er die Marienfigur an und begann ein Zwiegespräch mit dem Kind, das in Marias Armen lag.

»Ich weiß, dass deine eine Hand nicht echt ist, also, dass es nicht deine Eigene ist... Aber ich hab' deine Richtige gefunden, weißt du.

Ich würde sie dir auch zurückgeben, aber ich habe sie nicht mehr, weil meine Schwester sie geklaut hat. Sie kann mich nicht leiden. Keine Ahnung, warum. Ich hab' ihr ja nix getan, aber Sie ärgert mich immer.

Ich glaube, wenn Papa noch da wäre, würde Sie sich das nicht trauen. Ich wünsch' mir, dass er wiederkommt.«

Frank saß noch lange auf den kalten Steinen vor der Marienfigur, stand dann auf und suchte nach einem Platz zum Schlafen. Eine Heizung gab es hier nicht, aber sein Problem war nicht die Kälte. Seine Sachen waren schon fast wieder trocken. Sein Problem war der Hunger. Als er gestern kurz vor Schließung der Tore in die Münsterkirche gehuscht war, hatte er nicht bedacht, dass sein Magen Ärger machen würde.

Die Nacht auf einer der Holzbänke war sehr unbequem, und jetzt wartete er darauf, dass jemand die Türen wieder aufschloss. Aber es war noch dunkel draußen. Durch die blauen hohen Fenster des Doms drang kaum ein Licht. Es konnte also noch lange dauern...

Drei Streifenwagen der Polizei hielten vor der imposanten Münsterkirche im Herzen der Großstadt.

Die Mutter hatte die Dienstelle informiert und traf zusammen mit dem Vater und Herrn Schirmer nahezu gleichzeitig ein.

Eine kurze ungeduldige Zeit verging, bis der Küster mit den Schlüsseln für die Tore des Bauwerks erschien.

Als die Beleuchtung eingeschaltet wurde, schwärmten die Erwachsenen aus, um den Jungen zu finden. Die Mutter lief in Richtung des Altars, Herr Schirmer blieb in Höhe des siebenarmigen Leuchters, die Polizisten durchsuchten die Reihen der Holzbänke und gingen auf die Madonna zu.

Endlich kam der erlösende Ruf des Vaters.

»Er ist hier!«

Frank befand sich in der Nikolaus Groß Kapelle und erwachte aus einem traumreichen Halbschlaf, als er seinen Vater erblickte.

»Papa!«

Für einen Moment glaubte er noch immer zu träumen, als sein Vater auf ihn zukam.

»Frank, mein Junge, was machst du denn für Sachen?«

Die feste Umarmung ließ ihn endgültig zur Besinnung kommen.

Alle drängten zum Eingang der Kapelle.

Der Mutter gelang es nicht, den strengen Ton anzuschlagen, den sie sich vorgenommen hatte.

»Frank, wie kannst du mir so einen Schrecken einjagen.«

In der Tür zur Kapelle erschien der Nachbar.

»Onkel Schirmer, sieh mal, ich hab' den Mann gefunden, der die Hand vergraben hat!«

Aufgeregt zeigte er auf die Büste des christlichen Gewerkschafters Nikolaus Groß, der 1945 von den Nationalsozialisten hingerichtet und 2001 von Papst Johannes Paul II. seliggesprochen wurde.

Dann sah er zu Boden.

»Aber die Hand hab' ich nicht mehr.«

Herr Schirmer griff in seine Manteltasche und holte eine Tupperschüssel heraus.

»Alles ist gut. Schau mal, Junge.«

»Sie ist wieder da!«

Er drehte sich zu seinem Vater um.

»Und Papa ist auch wieder da!«

Der Vater lächelte ihn an, doch erschrocken erstarrte Frank, als ihm etwas einfiel. Urplötzlich rannte er aus der Kapelle.

»Was ist denn nun los?«, fragte der Vater und die Mutter rannte dem Jungen hinterher aus Angst, er könne schon wieder weglaufen.

Bei der goldenen Statue holte Sie ihn ein. Er hielt sich an den Gitterstäben, schaute die Reliquie an und die Mutter hörte das inbrünstige »Danke!« aus seinem lachenden Mund.

Sie war erstaunt. Die Familie war nie religiös gewesen. Das ihr Junge betete, war mal was völlig Neues.

Die Beamten legten den Fall zu den Akten und verließen den heiligen Ort.

Als Frank mit seinen Eltern und Onkel Schirmer im Auto saß, knurrte sein Magen in einer Lautstärke, die die Erwachsenen zum Lachen brachte.

»Sag' mal, mein Sohn, warst du die ganze Zeit in der Kirche«, wollte der Vater wissen.

»Vorher war ich noch auf unserem Spielplatz. Ich habe doch dieses riesige Loch gegraben und ich musste es wieder zu buddeln. Sonst fällt da noch einer rein!«

»Das war sehr vernünftig von dir.«

Er strich dem Jungen mit der Hand durch die Haare und erleichtert fuhren sie nach Hause.

Zwei Monate später hielt die Mutter einen Brief des Bistums Essen in Händen, in der die gesamte Familie zur Erstausstellung der kleinen Reliquie im Stadtarchiv eingeladen wurde.

Der Vater hatte eine Wohnung in Essen Kray bezogen und war glücklich, seine Kinder wieder regelmäßig sehen zu können.

Die Zeitungen hatten in langen Artikeln über den Fund berichtet, und die Mutter hatte alle Berichte und alle gedruckten Fotos in einem Hefter gesammelt. Nun zeigte Sie Nadine und Frank die Einladung.

»Sieh mal, Schatz. Dein Hefter wird immer dicker.«

Die Mappe interessierte Frank herzlich wenig. Im lag etwas anderes am Herzen.

»Hat Onkel Schirmer denn auch eine Einladung gekriegt?«

»Das weiß ich nicht, mein Junge. Da musst du ihn schon selbst fragen.«

Er machte auf dem Absatz kehrt und stürmte aus der Wohnung. Onkel Schirmer öffnete sofort.

»Frank, mein kleiner Freund, komm herein. Ich muss dir etwas…«

»Hast du auch eine Einladung gekriegt?«

»Ja, in der Tat. Und ich fühle mich sehr geehrt. Darauf müssen wir anstoßen. Einen Apfelsaft?«

»Klar, gerne.«

Onkel Schirmer verschwand in der Küche und kam mit zwei Gläsern zurück, von denen der Inhalt des einen Glases etwas dunkler schien.

»Das wird eine sehr feierliche Zeremonie werden, denke ich.«

Frank verzog das Gesicht.

»Oje, muss ich dann so' n komischen Anzug anziehen?«

Onkel Schirmer lachte.

»Na, ich glaube, deine Mutter wird da eine gute Entscheidung für dich treffen.«

Der Junge klatschte sich mit der Handfläche vor die Stirn.

»Oh Mann, also doch im Anzug! Aber das ist doch nur das Stadtarchiv und nicht der Dom!«

Onkel Schirmer musste schmunzeln und dachte an die vergangenen Tage.

Das Bistum hatte Frank und seiner Familie eine exklusive Führung angeboten. Die Domschatzmeisterin persönlich hatte dem Jungen gedankt und ihm alles gezeigt und genauestens erklärt.

Besonders beeindruckt war Frank von der mit Edelsteinen besetzten Kinderkrone gewesen.

Und nun diese Einladung. Der kleine Mann war schon etwas Besonderes.

»Prost, mein Junge, auf dich!«

»Prost, Onkel Schirmer.«

Zwei Wochen darauf fand die Ausstellung statt, bei der auch viele hochrangige Kirchenvertreter sowie der Bürgermeister von Essen anwesend waren.

Das Bistum hatte auf Anraten der Domschatzmeisterin davon abgesehen, die Hand aus Silberguss wieder durch die Originalhand zu ersetzen. Stattdessen wurde die kleine Hand restauriert und fand ihren Platz unter Verschluss in einer eigenen Vitrine, zusammen mit den geschriebenen Zeilen des Karl Nikolaus Groß.

Zwar handelte es sich hierbei nicht um den selig gesprochenen Nikolaus Groß (das Schriftbild stimmte nicht mit dem des Gewerkschafters überein), wohl aber um einen entfernten Vetter dessen.

Sein Verbleib konnte nicht geklärt werden, weshalb auch niemand sagen kann, ob Karl Nikolaus Groß, wie sein Vetter, von den Nationalsozialisten inhaftiert oder hingerichtet wurde.

Diese Tatsache tat der Bedeutung der Ausstellung keinen Abbruch. Die Gäste kamen zahlreich und wurden vom Catering fürstlich bekocht.

Frank musste viele Fragen beantworten und bekam Durst.

»Gehen wir doch zur Theke und trinken noch etwas«, sagte die Mutter und zückte unter den Seufzern ihres Mannes und ihrer Kinder zum gefühlt hundertsten Mal ihre Kamera.

Nadine sah Kaugummi kauend auf die Karte und bekam einen Rüffel von ihrem Vater.

»Bitte spuck' wenigstens für das Foto das Kaugummi aus!«

Die Tochter rollte mit den Augen. Gespielt nahm Sie Frank in den Schwitzkasten und flüsterte ihm ironisch zu.

»Du bist schuld, dass Papa wieder da ist.«

Ein Lächeln und ein Augenzwinkern verrieten ihrem Bruder, dass es nicht mehr böse gemeint war.

Onkel Schirmer fragte Frank: »Wie wär's, einen Apfelsaft?«

»Klar«, grinste Frank und die Bedienung nahm die Gläser zur Hand. Aufmerksam sah er ihr zu.

»Aber in eins davon muss ein Schluck Rum mit rein!«

Die Dame hinter der Theke schaute perplex.

Onkel Schirmer lachte.

»Geheimnisse... und schon wieder ist eines dahin. Das Glas mit dem Rum ist natürlich für mich, gute Frau.«

* Nichts kann den Charakterzug besitzergreifender Gier
  besser beschreiben, als die Figur des Gollum
  aus J.R.R. Tolkiens Werk *Der Herr der Ringe*.

DANKE an Astrid und Werner, an Jenny und Frank,
an Uwe K. und Dana S., sowie Evelyn Hamann mit ihrer
Internetseite *Ideen werden zu Geschichten* für die Schlag-
worte, aus denen meine ersten Geschichten entstanden
sind.
Außerdem danke ich meinem Schatz Martin für seine
Geduld, wenn ich mal wieder in anderen Sphären unterwegs war.